글을 쓰면서 ☀ 생각한 것들

What I Think About When I Write

글을 쓰면서 생각한 것들

임경선

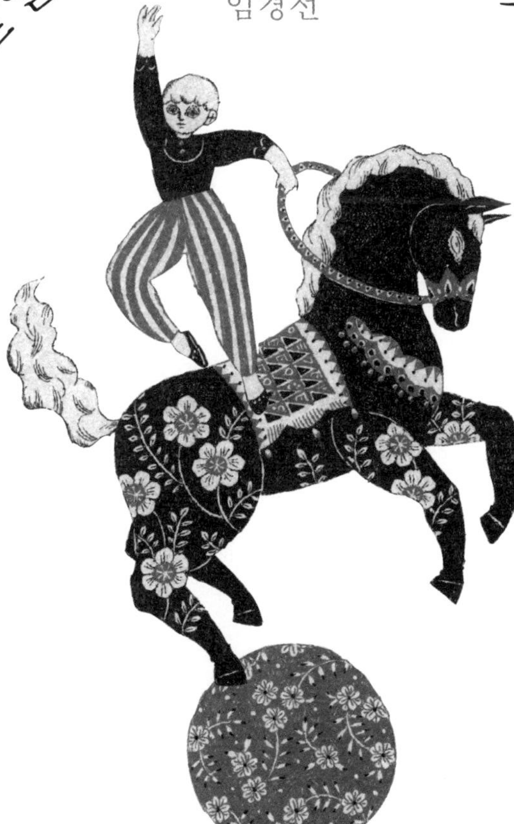

일러두기
이 책에는 에세이 《자유로울 것》(위즈덤하우스, 2017)에 수록되었던 8편의 글
을 다듬고 보완하여 실었습니다.

"춤을 추는 거야.
음악이 울리는 동안은 어쨌든 계속 춤을 추는 거야."

—무라카미 하루키, 《댄스 댄스 댄스》

부조리한 기쁨

글쓰기에 관한 산문은 가급적 마지막까지 쓰지 않으려고 했다. 혹여 쓰더라도 가능한 한 나중에 쓸 거라고 생각했다. 조금이라도 쓰는 경험을 더 쌓은 다음에야 쓰는 게 맞을 것 같았다. 내가 글쓰기에 대해 쓸 자격이 되는 사람인지도 의심스러웠다. 새 책 원고를 쓸 때마다 여전히 매번 처음처럼 어둠 속에서 불빛을 더듬더듬 겨우 찾아가듯 글을 쓰기 때문이다. 하지만 곰곰이 생각해보니 바로 '나는 왜 매번 처음 쓰는 것 같은 막막한 기분이 들까'에 대해서는 쓸 수 있겠다고 생각했다.

《글을 쓰면서 생각한 것들》은 글을 쓰는 방법이나 비법(글쓰기와 정말 어울리지 않는 단어다!)을 말하지 않는다. 나는 글을 쓰는 방법을 알려줄 자신이 없다. 애초에 글쓰기를 가르칠 수 있는 것인가? 글은 직접 써보면서 스스로 깨우칠 뿐 근본적으로 가르칠 수 없는 성질의 것이 아닌가. 게다가 쓰면 쓸수록 내가 무지하고 부족하다는 사실만 또렷해지는 느낌이다. 다만 쓰기의 어려움을 반복해서 겪다 보면 어디에 어떤 고민과 고통이 있는지 조금은 알게 된다. 불완전하나마 그 과정을 통과해낸 경험치라는 것도 생긴다. 지난 20년간 글쓰기를 업으로 삼으며 깨우친 것들—적어도 내 안에서의 진실—에 대해 이야기하고 싶었다.

글을 쓰고 싶어 하는 수많은 사람들의 일렁이는 마음을 헤아려본다. 글이라는 것은 확실히, 너무나 '요물'이다. 멀쩡한 사람을 취약하게, 그 앞에서 작아지게 만든다. 그만큼 글은, 정확히는 잘 쓴 글은 어마어마한 힘과 압도적인 매력을 가진다. 단 한 번도 작가 지망생이 아니었던 내가, 직장인 시절엔 3년마다 업계를 바꿔가며 새로운 자극을 추구하던 내가 이토록 오랜 기간 질리지 않고 글을 쓰는 걸 보면서 스스로도 놀라고 있다. 문장을 쓰는 행위에는 지독한 마력 같은 게 있는 것이 분명하다.

일찍이 나는 글을 쓰고 싶은 사람들을 뜯어말리면서 '그래도 글을 쓰지 않고는 못 견딜 것 같으면 나와 더불어 가늘고 길게 망하자'고 썼는데, 여전히 진심이다. 미리 말해두지만 글쓰기에는 성공도 영광도 없다. 그러나 분명 '망해도 상관없다'고 느끼게 해주는 정직한 기쁨이 있다. 이 책은 다름 아닌 그 부조리한 세계에 매료되는 사람들을 위한 책이다.

2026년 초입에

임경선 드림

차례

2장
___

글쓰기의

고민

3장
—
글쓰기의
경험

4장

작가로 사는

인생

1장

글쓰기의 본질

친실하고 진정한 곳

평생 책을 좋아했지만 작가 지망생이었던 적은 한 번도 없었던 내가 글을 쓰며 살고 있는 것은 글쓰기가 가진 깊은 매력 때문이다. 무엇을 매력으로 간주하는지에 대해선 저마다 의견이 다르겠지만.

나에게 가장 매력적인 글의 특성은 글쓰기가 나의 영혼을 필요로 한다는 점이다. 육체노동이나 지적 노동, 감정 노동을 필요로 하는 일들이 있는 한편, 글쓰기는 거기에 '영혼을 활성화'시키는 일까지 더한다. 영혼이 '열일'을 하고 작용한 글이라는 것은 글을 쓰면서 내가 어떤 진실이나 본질에 최대한 가깝게 다가가고 있다는 감각이다. 한 사람이 내면 깊은 곳에서 길어 올린 '진정한 그 사람의 것', 그것들은 대개 자의식이나 검열 없이 '나 자신을 잊고' 쓰는 순정한 글이다. 기교 면에서 글을 '잘' 쓰는 것은 상대적으로 덜 중요한 문제다. 온몸을 다해 진실함으로 쓴 글은 또렷하고 생기로 가득하다.

글에 가장 깊은 진심을 담으면 쓰는 사람은 쓰면서 자유로움을 느낀다. 소중하고 중요한 어떤 것을 자유롭게 쓰고 있

다면 글쓰기 작업에 반드시 수반되는 물리적 가혹함을 견뎌
낼 수 있다. 간절히 쓰고 싶었던 이야기를 가장 정직하게 써
나갈 때 나는 보다 진정한 나 자신이 되어간다. 쓰는 글이 소
설이라면 내가 이해하고 사랑하는 하나의 세계가 구현되어
진다.

　'샛길이 없는 정직한 세계'라는 글쓰기의 특징도 나에게
는 무척 매력적으로 다가온다. 글쓰기는 공평하다. 요령이 통
하지 않고 다른 사람이 대신해줄 수 없다. 글을 쓰는 사람이
의지할 수 있는 건 오로지 자신뿐이다. 한 글자 한 글자 원고
지를 밀고 나가야 작품이 완성되는 에누리 없는 이 야멸참이
마음에 든다. 더불어 내가 가진 모든 것을 쏟아붓지 않으면
어디에도 다다를 수 없다는 점도 마음에 든다. 글처럼 숙련
되기 힘든 일이 또 있을까? 글쓰기 이력도, 과거에 쓴 책들이
가져다준 성취도 당장의 글 앞에서는 온데간데없고 그 무엇
도 보장해주지 않는다. 새 책을 시작할 때마다 백지 앞에서
막막하기만 하다. 글을 쓰는 동안에는 주변의 잡음을 의식하
지 않고, 끝까지 써나가는 동안 스스로를 믿고 과묵하게 밀

고 나가는 감각만을 따라간다. 당연히 두렵다. 하지만 발에 무게를 싣고 걸어나가는 과정 속에서 점차 두려움은 옅어지고 대신 점점 자유로워진다. 그렇게 쓴 글은 읽는 사람들조차도 자유롭게 만들어버린다.

이러한 글쓰기의 매력적인 성정들은 다분히 '고요함'을 필요로 한다. 혼자일 것. 적요할 것. 주변이 아무리 소란스러워도 글을 쓰는 사람의 몸에는 얇은 막이 하나 뒤덮여 있고, 그 안쪽으로는 적막이 존재한다. 그 적막에서 나의 생각과 감각을 느끼며 가만히 지켜본다. 이 고독한 상태에서는 주로 지치고 힘이 빠지지만 종종 감미로움과 때로는 관능마저 깃든다. 마음의 진실을 따라가는 일은 나 자신에게 제대로 돌아왔다는 확실한 감촉을 느끼는 것이다. 그때 나는 가장 매혹적인 상태의 내가 되었음을 감지한다.

진정한 글쓰기는 누군가를 깊이 사랑하는 행위와도 무척 닮아 있다. 영혼의 작용과 나의 모든 것을 걸어야 한다는 것. 진실과 본질을 마주하는 행위라는 점에서도. 꾀가 통하지 않고 매번 경험해도 학습이 되지 않는다는 어처구니없음도. 사무치게 고독한데 그 점이 벅찬 감정을 안겨준다는 면에서도.

한낱 취약한 인간에게 사랑이 괴력을 허락하는 순간이 있다. 인간은 한없이 이기적이고 자기중심적인 것 같지만 결정적인 순간에 사랑하는 타인을 위해 스스로를 초월한다. 나는 이 초월성이야말로 지극한 인간다움이라고 생각하는데, 같은 맥락에서 진실하고 진정한 글쓰기도 스스로를 갱신하고 초월하는 경험을 돌려준다. 한번 이러한 사랑, 혹은 글쓰기를 경험해본 사람은 결코 원래의 장소로 되돌아갈 수 없다.

What I Think About When I Write

집중과 몰입

나는 책상에 앉으면 뜸 들이지 않고 원고 작업을 시작한다. 주변 사람들이 놀라워하는데, 별로 그럴 일도 아니다. 딸아이의 육아와 더불어 시작한 저술업 인생에선 그런 여유가 허락되지 않았기 때문이다. 아이를 어린이집에 맡기고 카페로 옮겨 헐레벌떡 노트북을 열고 바로 본작업부터 들어가야 겨우 하루 작업량을 해치우고 아이를 데리러 갈 수 있었다. 이메일, 뉴스, 소셜미디어 확인 등은 중간 휴식 시간에 확인해도 늦지 않다.

당연한 얘기지만 원고 작업에는 집중과 몰입이 필요하다. 글을 쓰는 동안에는 오로지 글이 최우선 순위이다. 다른 것들이 주의를 산만하게 하는 것을 허락하지 않는다. 집에서 작업할 때는 초인종이 울려도 나가보지 않는다. 나는 집에 있지만 집에 없는 것이다. 정말 급하고 중요한 일이라면 휴대폰으로 연락을 줄 것이기에. 내가 당장 알아야 할 것은 그 무엇도 없으니 휴대폰의 거의 모든 알림 기능도 꺼놓는다. 정말 긴박한 일이라면 전화벨이 울릴 것이다. 그래도 그 틈을 비집고 들어오는 것이 있다. 한창 집중해서 작업 중인 오전 시간에 남편이 느닷없이 카카오톡 메시지를 보낸다. 페이스북에 뜨는 과거의 오늘 아이 사진이나 자신이 좋아하는 뮤지션의 부고 소식, 혹은 길 가다가 핀 꽃 같은 것. 몇 초간 흐트러진 집중력에 나는 말 그대로 미쳐버릴 것 같지만 가정의 유지를 위해 짧게 대꾸한다.

한 권의 책은 집중과 몰입, 글 쓰는 스케줄을 최우선으로 두는 이기심을 토대로 만들어진다. 글쓰기가 시간과 자원과 관심의 1순위여야 책이 완성된다. 집중과 몰입은 저술업을 하면 할수록 익숙해진다. 너무 골똘한 나머지 두세 시간을 한자리에 그대로 앉아 있을 때도 있다. 어떤 생각에 골몰하다 보면 절로 거북목이 되고 허리는 굽어진 채 미동도 하지 않는다. 화장실에 가고 싶거나 배가 고파서 겨우 어기적대며 몸을 의자에서 일으켜 세우면 아뿔싸, 머리가 핑 돌고 몸이 각목처럼 뻣뻣하다. 그래서 사용하게 된 것이 '타임 타이머'이다. 최대 60분까지 시간을 설정할 수 있으며, 빨간색 영역이 시계 반대 방향으로 줄어들면서 내가 멈추어야 할 때를 알려주는 타이머다. 나중에 알기로 사람들은 이 작은 기계를 정해진 시간 동안 딴짓하지 않고 작업에 몰입하기 위해 쓴다는데, 나는 반대로 몰두하던 작업을 억지로 끊어내기 위해 쓰고 있다. 남은 시간을 50분으로 세팅해놓고 알람이 울리면 무조건 자리에서 벌떡 일어난다. 집에 있으면 소소한 집안일을 돌보며 몸을 움직이고, 카페에 있으면 잠시 밖으로 나가 조금 걷다가 돌아온다. 처음 타이머를 쓸 때는 4세트씩, 즉 200분간 몰입해서 작업했는데 지금은 하루에 3세트씩 150분만 집중한다. 글을 쓰는 작업 외에 집중력을 덜 요하는 업무에는 타임 타이머를 사용할 일이 없다.

걱정되는 일이 있을 때 글 작업에 특히 몰입이 잘된다. 나는 매년 두 번씩 대학병원에서 정기검진을 받는데, 초음파와 CT 검사 결과를 들으러 가기 전 약 보름 동안 가장 열렬히 글쓰기에 몰입한다. 병의 재발이라는 최악의 상황을 상상하는 습관을 끊고, 혹시나 좋지 않은 결과를 듣게 되더라도 나에게 투병 말고 할 수 있는 다른 무언가가 계속 있기를 바라는 마음에. 이게 다 무슨 소용인가 싶은 울적함을 걷어내고 흔들리는 정신을 붙들어 맬 수 있는 것이 글쓰기 말고는 없기 때문이다. 고로 내가 아주 열중해서 작업하는 것처럼 보인다면 어쩌면 무언가 말 못 할 번민이 있다는 뜻일지도 모른다.

What I Think About When I Write

누가 글을 쓰는가

글쓰기에 대해 이야기하는 책에서 이러한 조언들을 곧잘 볼 것이다.

1. 쓰기 위해서는 읽어야 한다.
2. 쓰면 쓸수록 잘 쓰게 된다.
3. 수정할수록 글은 좋아진다.
4. 신체를 단련해야 앉아서 글을 쓸 수 있다.
5. 루틴처럼, 습관처럼 글을 쓰자.

작가들은 대체로 수긍하겠지만 세부 사항으로 들어가면 저마다 조금씩 다른 견해를 갖고 있는 것 같다. 하지만 모든 글쓰기 명제 가운데 작가들 모두가 이것만큼은 전적으로 수긍할 것이라 확신하는 한 가지가 있다.

'글쓰기는 오로지 글쓰기를 통해서만 배울 수 있다.'

글쓰기 특강을 듣거나 작법서를 읽는다고 글을 잘 쓰게 되는 것이 아니다. 글을 쓰려면 일단 글을 써야 한다. 써야지 뭐라도 시작된다. 쓴 것이 별로여도 글을 수정하면 된다. 글을 '쓴다'는 개념은 사실상 '고치고 또 고친다'라는 의미다. 단번에 쓴 후 완성하는 글은 없다. 펜을 잡았는데 글이 안 써진다. 이것은 무슨 상황일까? 쓰고 싶은 이야기가 없다는 뜻이다.

누구나가 글을 쓸 수 있다고 생각하지 않는다(여기서 말하는 글이란 책으로 묶이고 독자들에게 읽히는 완성도 높은 글을 지칭한다). 마찬가지로 각자의 숨겨진 재능과 잠재력이 있다고도 생각하지 않는다. 재능과 가능성은 본래 불공평한 자원이다. 누구나 글을 쓸 수 있는 시대라고 하지만, 이상화된 응원으로 들린다. 누구나 글을 쓸 수는 없다. 더더군다나 타인에게 읽히는 글은.

그렇다면 누가 글을 쓰는가.

그 이야기를 쓰지 않으면 못 견딜 것 같은 사람이, 내 안에서 생각이 흘러넘치는 사람이 글을 쓴다. 하고 싶은 이야기가 있어야 한다. 글은 '절실함'과 '간절함'이 쓰게 한다. 쓰지 않고는 못 참겠다는 것은 이미 내 안에서 이야기가 숙성되었다는 뜻이다. 터지기 전에 어서 빨리 빼내고 싶다. 그러나 투박한 배설이어서는 안 된다. 간절히 하고 싶은 이야기일수록 조심스럽게, 소중하게 잘 다루어서 밖으로 내놓는다.

어떤 글을 '절실하게' 쓰기 위해서는, 자신이 무슨 말을 하려고 하는지 '정확히' 알고 있어야 한다. 가끔 내용이 산으로 가버리는 글이 있는데, 그것은 글을 쓰는 사람이 지금 무엇을 쓰고 싶은지 몰라서 횡설수설하고 있는 것이다. 글이 왜 휘청거리는가 하면 막연한 감정만을 느끼고 정작 생각은 깊이 하지 않았기 때문이다. 다시 말해 그 주제에 대해 충분히 '성찰'하고 소화시키지 못한 것이다. 내가 무슨 말을 하고 싶은지 정확히 알아야 문장과 표현들이 명료해지는데, 우리는 그것을 두고 '표현력이 부족해서' '어휘가 달려서' '그냥 막혔다'고 착각한다. 실은 무슨 이야기를 하고 싶은지가 애초에 내면에서 제대로 정리가 안 되어 있는 경우가 많다.

글이 써지지 않아서 고민이 된다는 이들도 있다. 그들은 글쓰기 실력과 재능이 부족하다거나 슬럼프에 빠진 것으로 간주한다. 하지만 뚜렷한 이유 없이 그냥 글이 써지지 않는 상황에 실력이나 재능, 슬럼프 같은 단어를 사용하는 것은 자의식 과잉으로 여겨진다. 나는 이런 정황을 단순히 '절실하게 쓰고 싶은 것이 없다'는 뜻으로 이해한다. 혹은 글을 쓰다가 막혔다면 실은 그 주제가 아주 절실하게 쓰고 싶었던 것이 아닐 수 있다. 더더군다나 책 한 권을 채울 수 있을 정도의 '하고 싶은 말'이 애초에 구비되지 않은 경우라고 생각한다. 안에 들어 있는 것이 부족하다면, 나오다가 멈추는 것은 자연스러운 일이다. 내 안에 10이 있다고 10이 나오는 것이 아니다. 10이 있으면 겨우 1이 나온다.

글을 쓴다는 것은 간절하게 쓰고 싶은 이야기를 정성을 다해 표현하는 것. 그렇게 글을 쓰는 행위 자체로도 이미 충분한 것. 만약 절실히 하고 싶은 이야기가 없는데 글을 쓰고자 한다면 거기에는 쓰고 싶다는 열망 외에 다른 부수적인 욕망이 끼어 있을 공산이 있다. 예를 들자면 타인으로부터 인정받거나 자기 이름이 박힌 책을 출간하고 싶다거나 작가로 호명받길 원한다거나. 그러한 본질 밖의 욕망들은 글을 쓰는 데 별 도움이 되지 못한다. 글쓰기는 글을 쓰는 행위 자체의 절실함과 기쁨에서 시작한다.

성장기의 얼룩

돌아가신 엄마는 내게 '10대 때 하는 사랑만이 진짜 사랑이야'라는 말을 남겼는데, 당시의 엄마 나이가 되어 10대 딸아이를 키우면서 새삼 그 말을 되새긴다. 다른 나이에 하는 사랑이 가짜라는 말은 아니었다. 엄마는 10대 시절의 날것의 감정이 얼마나 순수하고 강렬한지를 말했던 것 같다. 10대 시절은 주위의 모든 것을 빨아들여 자아를 형성하고, 우리의 원형을 만드는 시간이다.

한 사람의 근본적 기질과 지배적인 정서는 정말이지 성장기에 대부분 다져지는 것 같다. 그 시절의 사랑과 결핍은 그 후로도 오래도록 우리를 사로잡는다. 10대 때 즐겨 들은 음악을 우리는 다른 사람 몰래 평생에 걸쳐 사랑한다. 그 시절에 몰입하여 책을 읽은 이들이 어른이 되어서도 책을 읽고 글을 쓴다.

요즘도 매일 책을 읽고 있고, 그게 당연한 생활을 하고 있지만 돌이켜보면 10대 시절만큼 책을 무아지경으로 많이 읽은 적이 없었던 것 같다. 가족들과 오붓하게 대화를 나누는 대신 혼자 방에서 나만의 세계에 푹 빠져 살았다. 학교 도서관에서 매주 대여 한도까지 빌려 와서 저녁에 숙제를 마치고 자기 전까지 침대에 누워 책을 읽었다. 책을 한 아름 빌려 가는 나를 도서관 사서 선생님들이 기특해했던 게 기억난다. 그러나 다시 찬찬히 돌이켜보면 그 눈빛엔 또래 아이들에 비해 유난히 책을 많이 읽는 아이를 바라보는 짠한 마음이 다소 섞여 있지 않았을까 싶다.

사서 선생님들의 안쓰러운 시선 그대로, 성장기 시절에 외톨이로 지낸 시간이 많았다. 나에게는 남들과 조금 다른, 특수한 성장기 경험이 있다. 일본, 미국, 포르투갈, 브라질같이 저마다 다른 기질과 토양을 가진 네 개의 나라에서 10대를 보냈는데, 잦은 전학으로 늘 친구들을 잃어왔으며, 매번 외로움의 시간을 얼마간 견뎌야 했다. 운이 나쁠 때는 인종차별이라는 형태로 '다름'과 '불공정'을 인식했다. 그것은 어린 내가 선택한 상황들이 아니며 불가피하게 벌어진 일이었다. 더불어 나에게는 경계인이자 소속감이 없는 아웃사이더로서, 주류가 아닌 다른 관점으로 지켜보는 시각이 주어졌다.

남과 다른 생각이 솟구쳐도 억누르지 않고 내 안의 소수 의견을 조심스럽게 표현했다. 그렇게 내 직관을 믿고 살아갈 수 있었던 것은 권위적이지 않고 생각이 열린 부모가 곁에 있어서 가능하기도 했다.

10대 시절 마냥 행복했던 이들은 훗날 글을 쓰지 않을 것 같다. 각자의 방식으로 부대끼거나 상처 입거나 힘겹게 보낸 사람들이 나중에 자라서 작가가 되는 것은 아닌가 생각한다. 혼자 무거운 시간을 견뎌내기 위해 그 아이는 생각을 하거나 상상을 한다. 책을 읽고 음악을 듣는다. 연하고 취약한 시절에 느낀 휘몰아치는 사랑의 감정이 그 사람의 토대를 만들고, 그 시절에 각인된 선명한 상처들이 평생에 걸쳐 얼룩을 남기지 않던가. 그리고 어떤 사람들에게 그 상처를 치유하는 도구는 글쓰기인 것. 지금 우리를 쓰게 만드는 대부분의 이유는 예민했던 10대에 그 뿌리가 있지 않을까? 나 역시도 단순히 글감으로서의 특수한 성장담을 넘어 그 시절 내 자아에 스민 얼룩들이 글을 쓰고자 하는 열망에 오랜 시간에 걸쳐 불을 지펴 훗날 나를 글 쓰는 사람으로 만들었다고 믿고 있다. 덜 외롭기 위해, 조금 더 이해받기 위해.

What I Think About When I Write

영감은 어디에서 오는가

글을 쓰고는 싶지만 무엇을 쓸지 모르겠다거나, 도중에 막히거나 소재가 고갈된 이들은 갈망한다. 영감이 훅 찾아오기를. 창작자마다 해석이 다르지만, 내게 영감은 '아, 이것에 대해 쓰고 싶다' '아, 이렇게 쓰고 싶다'처럼 구체적이고 원초적으로 쓰고자 하는 욕망을 부추기는 그 무언가다.

영감은 '거슬리는' 감각이다. 내 안에 누적된 어떤 장면과 감각이 평소엔 전혀 의식하지 않고 살다가 외부의 사소한 자극과 만나 파장을 일으킨다. 이때 느끼는 특별함에는 뭔가가 딱 맞아떨어지고 완전한, 우연인데 운명처럼 보이는 확신이 있다. 마치 첫눈에 어떤 사람을 사랑하게 될 거라는 것을 그냥 알아차리는 것처럼. 나는 그 감각이 사라지기 전에 얼른 움켜쥐어 호주머니 속에 고이 넣어둔다.

어느 늦가을, 밤늦게 달리러 나갔을 때였다. 그날은 평소의 경복궁 일주 코스가 아닌, 시청 쪽으로 나갔다. 거리에 사람은 없고 어두운 밤기운이 내려앉아 있었다. 유일하게 은은한 불빛이 흘러나오는 곳은 한 호텔의 1층 벨데스크였다. 벨

데스크 직원은 고개를 푹 숙인 채 미동도 없이 야간 당직을 서고 있었다. 눈앞에 펼쳐진 풍경이 흡사 에드워드 호퍼의 그림처럼 고독해 보였다.

'저 사람은 지금 무슨 생각을 하고 있을까?'

그것이 알고 싶은 강렬한 충동에 휩싸였다. 그 사람의 이야기가 몹시 쓰고 싶었다. 만약 내가 달리면서가 아니라 걸어서 그 앞을 지나가고 있었더라면? 듣고 있던 음악이 듀크 조던Duke Jordan의 〈Everything Happens to Me〉가 아니었더라면? 그 시간, 그날따라 이상하리만큼 광화문 거리에 인적이 드물지 않았더라면? 늦은 밤의 쌉싸름한 공기와 차분한 음악과 나의 역동적인 달리기가 뒤섞이며 그 순간 세상에 오로지 벨데스크 직원과 나만 존재하는 느낌이 없었더라면 영감은 찾아오지 않았을 것이다. 나는 묘한 연민을 불러일으킨 고독해 보이는 남자가 속으로 삭이고 있던 마음에 대해 상상했고, 시간이 지나 그것은 〈야간 근무〉라는 단편소설이 되었다.

하나의 주제로 긴 분량의 소설을 쓰는 것은 강력한 충동과 갈망이, 그리고 어떤 우연이 여러 번 겹쳐져야 가능하다. 나는 광화문의 직장인들을 일상에서 보고 지내면서 언젠가 그들을 주인공으로 한 소설을 쓰고 싶다고 막연히 생각해오던 중 우연히 흥미로운 사랑 소설 두 권을 연달아 읽었다. 하나는 리디아 데이비스의 소설 《The End of the Story》(내가 읽은 한참 후에 《이야기의 끝》이라는 제목으로 한국어판이 출간되었다)였는데, 대학교수인 여자 주인공이 스무 살 어린 남자 대학생과 관계를 맺으면서 겪는 지리멸렬한 과정을 날 것 그대로 세밀하게 그려낸 걸 보고 '사랑의 생로병사와 생애주기를 나의 버전으로 써보고 싶다'는 욕망이 부풀어 올랐다. 이어서 읽은 피에르 베르제의 산문 《나의 이브 생 로랑에게》는 저자가 동성의 연인인 패션 디자이너 이브 생 로랑에게 복잡한 애증의 감정을 담은 책으로, 이미 세상을 떠난 이를 향한 편지+일기 형식의 글에 사로잡혔다. 또한 그 무렵 주변의 사랑 이야기를 참 많이 들어주었는데(사람들은 내게 내밀한 사랑 이야기를 스스럼없이 고백하는 경향이 있다) 일련의 이야기를 들으며 내가 했던 생각은 아무리 생각해봐도 '사랑은 여자들만 한다'는 것이었다. 그런 영감의 재료들이 하나 둘 쌓이고 있는 와중에 친구와 대화하다가 슈만, 클라라, 브람스의 삼각관계를 알게 되었고, 그 이야기에 매료되었다. 급기야는 그즈음 우연히 김송현 피아니스트를 알게 된 것이 남자 주인공의 직업을 피아니스트로 확정하는 데 결정적 역할을 하며 소설의 퍼즐이 차곡차곡 맞춰졌다. 사소하게는 동네를 산책하다가 본 자주 지나치던 오피스텔 건물 앞에 버려져 있는 매트리스조차도 이야기의 세부를 채워주는 요소가 되었다.

한 편의 소설을 마무리할 때까지 이렇게 지속적으로 무수히 많은 '거슬림'에 의존한다. 그렇기 때문에 글을 쓰는 동안에 내 신경이 그토록 예민한가 보다. 무의식에 잠재된 이야기가 건드려지기 위해, 영감을 움켜쥐기 위해 본능적으로 온몸의 날을 세우는 것이다. 하지만 글쓰기에 영감을 주는 가장 기본적인 자원은 다른 책들일 때가 많다. 외부에서 찾아오는 영감이 언제 어디서 꽂힐지 알 수 없으니 마법적 순간이 오기를 기다리며 끊임없이 '디폴트'로 책을 읽어 내적 토양을 꾹꾹 다져둔다. 내면이 텅 빈 상태면 거슬릴 것도 없기 때문이다. 또한 영감이 오든 말든 일단은 쓰고 있어야 한다. 책 원고를 다 쓰고 나서야, 어떤 특정한 발견이나 상황이 영감이 되어 작용했음을 뒤늦게 깨닫기도 한다.

그렇다 하더라도 기본적으로 자신에게 영감이 오기 좋은 특유의 환경이라는 게 있다. 글쓰기에 적당한 감도를 잡아준다는 측면에서 나는 이것을 무드 토닝Mood Toning이라고도 부른다. 내 촉을 찰랑찰랑 간지럽히고 마음을 부드럽게 만들어 글을 쓰게 도와주는 어떤 사람, 풍경이나 분위기, 음악과 책 같은 것들이다. 왜 어떤 것들이 신경 쓰이고 특정한 감정을 불러일으킬까? 자신의 글과 삶에서 추구하는 어떤 가치들과 부합하기 때문이다.

가령 사람. 겉보기와 달리 내면이 고독한 외톨이들에게 관심이 간다. 말을 아끼는 사람들의 속마음이 궁금하다. 조금 다른 자기만의 생각을 지키며 살아가는 조금 이상한 사람들에게 매료된다. 사랑처럼 비합리적인 일에 바보처럼 몰입하는 사람들에게 마음이 흔들린다.

책. 좋아하는 작가의 좋아하는 책은 몇 번을 반복해서 읽어도 새로운 '거슬림'이 있다. 좋아하는 작가의 책은 영원히 메마르지 않을 영감의 원천이다. 그들이 만들어놓은 세상에는 내 마음과 생각이 이해받을 장소가 존재한다.

음악. 수백 번을 들어도 질리지 않는 음악은 푸석해진 감정을 촉촉하게 되돌려놓는다. 음악은 가장 확실하고 빠르게 감정을 조절해준다. 감정을 뒤흔든, 인생의 어떤 잊을 수 없는 순간에 들었던 곡이라면 더더욱 그렇다. 음악이나 책 등 한 가지 감각만 사용하고 나머지는 공백으로 비워둘 때 영감이 찾아오기가 좋은 것 같다.

풍경. 나는 풍경이 리듬 있게 바뀔 때—가령 달리거나 기차를 타거나—마음속이 잔잔하게 요동치는 것을 느낀다. 풍경에 초록이 있으면 더더욱 그렇다. 풍경 속에 머무는 모든 사람들이 저마다의 이야기를 품은 것처럼 신비롭게 보인다.

산책과 여행은 숱한 풍경들을 수집하게 해준다.

장소. 글을 쓰는 사람이 낯선 곳을 본능적으로 갈구하는 마음을 이해한다. 낯선 곳에서는 스스로를 보호하고자 촉이 곤두서고 감각이 예민해진다. 새로운 장소에서는 깨달음이 불현듯, 진짜 불현듯 찾아온다. 익숙했던 것들도 다르게 생각할 수 있게 만든다. 며칠간 낯선 장소로 여행을 갔다가 집으로 돌아갈 때의 창밖 풍경도 어딘가 조금 낯설게 느껴져서 어슴푸레하고도 형언하기 힘든 감각이 벅차오른다.

고통은 글을 쓰게 하는가

진정한 예술은 불행과 고통에서 비롯된다고들 하던데 그 말에 꽤 수긍이 간다. 음악 하는 지인의 실연 소식을 들으면 안된 건 둘째 치고 '아, 곡이 잘 써지겠구나'라는 생각부터 든다. 창작하는 지인에게 느닷없이 힘든 일이 닥치면 안타까움과 동시에 '지금은 많이 힘들겠지만 글이 깊어지겠다'는 불순한 상상으로 이어진다.

글의 소재로 가장 유용한 경험은 '고통'이다. 태어난 이상 그 누구나 자기만의 '고통 이야기'를 가진다. 소설, 영화, 드라마는 모두 '주인공이 뜻하지 않은 고통을 겪고 그것을 통해 변화하고 성장하는 이야기'이다. 작가들이 이런 얘기를 쓰고, 그것이 우리 마음을 뒤흔드는 것은 삶의 본질이 고통이고, 고통을 어떻게 마주하는지가 결국 인생의 핵심 서사이기 때문이다. 사람들은 그런 고통의 경험들을 직시하고 끌어안고 관통하는 이야기에 매료된다. 그럼에도 불구하고 그들은 어떻게 견뎌내고 살아남았는가. 어두운 터널을 지나오는 동안 그들의 뼈마디에는 무엇이 새겨졌는가. 자신에게 절실하고 간절한 것에 대해 쓴다고 하면, 그것은 대개 고통의 서사다. 《토지》의 박경리 작가는 자신의 삶이 평탄했더라면 문학을 하지 않았을 것이라며 "나의 삶이 불행하고 온전치 못했기 때문에 글을 썼던 것"이라고 말한다.

고통을 느낀 사람은 글을 쓰고 싶은 충동을 느낀다. 글로 표현하는 동안 마음이 정리되고, 운이 좋다면 상처를 치유할 수도 있다. '나는 지금 어디로 가고 있는가?' '내가 인생에서 정말로 원하는 것은 무엇인가?'는 고통받고 있을 때 스스로에게 던질 수 있는 질문이다. 평온하고 행복할 때, 인간은 사유하지 않는다. 고통이 깊을수록 생각이 깊어진다.

그럼 별다른 어려움 없이 밝고 무탈한 사람은 글을 쓸 수 없는 것인가? 그런 부러운 사람들도 적당한 기지를 발휘하면 글을 '잘' 쓸 수 있다. 하지만 지속적으로 글을 쓰지는 않을 것이다. 왜냐하면 굳이 그럴 필요가 없고 그럴 만한 간절함이 동반되지 않기 때문이다. 반대로 고통이 깊고 빈번할수록 더 좋은 글을 쓰는 것일까? 이것은 또 다른 차원의 문제이다. '날것 그대로의 글'이라는 명분으로 별다른 거름망도 없이 고통을 쏟아내면 속 시원할지 모르지만, 고통의 이야기를 다루면서 자신의 고통 속에 매몰되어 자칫 독자에게 '푸는' 글이 될 수 있다. 부단한 자기 객관화나 걸러짐이 없다면 독자 입장에서는 읽으면서 심신이 부대끼고 부담을 느낀다. 하지만 독자는 이에 대해 왈가왈부할 수도 없다. 실제로 어마어마한 고통을 겪었다는 저자를 앞에 두고 책에 대해 부정적인 이야기를 하기엔 죄책감이 들기 때문이다.

글이 일기나 배설에서 멈추지 않으려면 한층 완고한 기준이 있어야 한다. 글의 완성도는 고통이나 불행의 강약 정도로 결정되지 않는다. 사람은 누구나 자신만의 고통을 짊어지고 살며, 타인의 고통을 완전히 이해하기는 불가능해서 애초에 비교하기 어렵다. 자신에게 예리하게 다가온 고통의 경험을 탐색하는 과정은 솔직하되 담담하고 냉철해야 독자들과 공유할 만한 일말의 의미를 찾아낼 수 있다. 고통의 극복 서사도 잊기로 한다. 고통은 차라리 극복되지 못했을 때 더 진솔한 글이 된다. 대부분의 고통은 사실 극복될 수 없다는 것이 진실이기도 하다.

무엇보다 글은 글로서 읽히기 좋아야 한다. '내 고통을 좀 알아봐줘'가 글의 목적이 아니기 때문이다. 어설픈 죄책감이나 연민, 상대적인 안도감을 불러일으키는 글은 저자나 독자를 그 어디에도 데려가지 못한다. 사이사이 애매한 유머를 섞어서 무거움의 혐의를 벗어나려고 해보아도 자칫 독자에게 억지 미소를 지어줘야 하는 감정 노동만 유발한다. '고통'이라는 소재는 무척 강렬하고 매력적이지만 동시에 대단한 자기 억제와 문학적 감각을 필요로 하기에 실은 쓰기가 매우 어렵다. 가령 폴 칼라니티의 산문《숨결이 바람 될 때》가 오랜 시간에 걸쳐 독자들의 사랑을 받는 이유는 자신의 불행한 처지를 일차원적으로 호소하고 토로하는 것이 아니라 내면에서 숙성시켜 차분하고 서늘하게 전달했기 때문이다. 그런 결기는 아름다움을 넘어 숭고함마저 느끼게 한다. 작가는 자기연민을 전시하는 대신 고통을 통해 자신이 배운 것을 담담하게 짚어가며 오히려 고통받는 타인들을 이해하고 위로한다. 그러나 그 무엇보다도 가치 있는 것은 극심한 고통을 관통하는 가운데 그가 끝끝내 자신에게 진실한 이야기를 남김없이 써냈다는 점일 것이다.

What I Think About When I Write

나에게 재능이 있을까

꿈을 이루기 위해 포기하지 않고 계속 도전하는 사람을 주변에서 본다. 바텐더로 일하며 화가의 꿈을 키우는 사람, 카페에서 아르바이트를 하는 소설가 지망생, 낮에는 음식 배달을 하고 밤에는 음악을 만드는 사람. 막막함과 불안감에 포기해버릴까 하다가도 노력하다 보면 언젠가는 반드시 꿈에 가닿을 거라 믿으며 오늘도 다들 고군분투한다.

주간 만화 편집자들과 만화가들의 희로애락을 그려낸 일본 드라마 〈중쇄를 찍자!〉에는 원로 만화가 미쿠라야마 선생 밑에서 10년째 문하생으로 있는 '누마타'라는 청년이 등장한다. '청년'이라는 단어를 쓰기도 애매한 게 이미 마흔을 바라보는 나이다. 스무 살 때 만화 잡지 신인상을 타는 바람에 만화가 데뷔의 꿈을 품고 이 길로 들어섰지만 10년째 고참 문하생일 뿐, 정식 데뷔를 못 하고 있다. 그가 계속해서 실패하는 사이 한참 어린 다른 문하생들은 차례차례 먼저 데뷔한다. 누마타는 날개를 달고 훨훨 날아가는 후배들을 보며 속으로 고통스러워하지만 그럼에도 이 단어만은 잊지 않으려고 다짐한다.

언젠가는.

언젠가는.

언젠가는.

새로 들어온 후배 문하생들에게 "난 여기 밥이 맛있어서 10년씩이나 문하생 생활을 한다"고 안쓰러운 자학 농담을 던지면서.

그런데 어느 날 미쿠라야마 선생의 작업실에 신참 문하생 '나카타'가 들어온다. 그림 실력은 서툴고 성격도 삐딱하지만 미쿠라야마 선생이 나카타의 재능을 높게 평가한다는 걸 누마타는 은연중에 알게 된다. 우연히 만화 콘티를 훔쳐 본 누마타도 한눈에 나카타의 천재성을 알아보고 격심한 충격과 질투를 느낀다. 그리고 자신이 오랜 기간 동안 제대로 부딪혀보지도 않고 그저 '꿈을 향해 달려가는 나는 다른 사람들과 다르다'라는 자부심 하나에 기대어 '언젠가는' 인정받는 날이 오겠지, 라는 근거 없는 낙관에 의존해왔음을 직시하게 된다. 급기야 누마타는 마흔 살 생일을 기점으로 만화가의 꿈을 포기하고 고향으로 내려가 가업을 잇기로 결정한다.

청춘을 바쳤던 미쿠라야마 선생의 작업실을 마지막으로 걸어 나오면서 누마타는 속으로 되뇐다.

평생 만화만을 생각하며 살아왔다.
꿈을 꾸고 있는 동안에는 그 안에서 행복했다.
현실 따위는 필요 없을 정도로.
만화 속에서만 살아가고 싶었다.
만화가를 추구하는 동안은 특별한 사람일 수 있었다.

오랜 꿈을 이제야 놓아주는 누마타의 마지막 독백이 진하게 심금을 울린다. 대체 재능이 있고 없고와 꿈을 이루고 못 이루는 갈림길은 뭘까. 〈중쇄를 찍자!〉의 만화 주간지 《바이브스》의 부편집장 이오키베는 말한다. "작가 본인이 스스로 극복해내야 할 벽이 있다"고. 편집자를 포함해 주변에서 아무리 도움을 준다고 해도 작가 본인이 스스로를 움직여야만 한다고. 혼자서도 멀리까지 헤엄쳐 갈 수 있는 사람이 되어야 한다고. 누마타는 결국 그것을 못 한 것이고, 앞으로도 못 할 것이라는 한계를 깨달은 것이다.

　가만 보면, 꿈을 이룬다는 것은—
　선천적인 재능만으로도 안 되고
　후천적인 노력만으로도 안 되고
　운만으로도 안 되는 것 같았다.

　아무런 보장이 없을 때 우리는 언제까지 꿈을 향해 노력해야 할까. 노력해도 결과가 따라주지 않을 때 우리는 재능이 없고 운이 나빴다고 받아들여야 할까. 언제부터 현실을 받아들이고 포기하는 것이 옳을까. 10년째 문하생으로 지내며 만화가 데뷔를 꿈꾸던 누마타는 마흔 살까지 데뷔하지 못하면 포기하자고 스스로에게 조건을 내걸었다. 그때까지도 데뷔를 못 하면 사실상 재능이 없는 거라고.

　어느 시점에서는 반드시 냉혹한 현실과의 접점을 찾아야 하는 것 같다. 데뷔에 성공해도 시작에 불과하다. 높은 경쟁

률을 뚫고 염원했던 신인문학상을 거머쥐었건만 원고 청탁이 들어오지 않거나 가까스로 첫 책을 내도 판매 저조로 어느 순간 존재감이 사라지는 신인 작가들이 부지기수다. 비슷한 시기에 책을 출간하던 저자들의 이름을 더 이상 서점에서 찾지 못하는 경우도 많다. 시야에서 사라진, 한때 글을 쓰던 작가들은 모두 어디로 갔을까.

* * *

항간에는 오래 버티는 게 재능이라는 이야기도 있지만, 타고난 재능이 어느 정도 바탕이 되어줘야 할 것 같다. 예술 분야의 일에서는 부족한 재능을 후천적인 노력이 채워주는 경우도 있지만, 어느 정도 선천적인 재능이 없으면 지속적으로 애쓰는 것 자체가 고역이다. 재능이 없으면 열정도 오래 못 버티고, 그러면 실력이 늘면서 재능이 '발휘'되는 기회도 얻기 어렵다. 열정에 비례하는 좌절과 불안만 강해질 뿐이다. 그래서 나는 '열정'보다 '재능'이나 '실력'을 평가해주는 사람을 신뢰한다. 물론 평가하는 사람이 평가할 만한 해당 분야의 전문가인지, 상대를 조종하려고 하지 않는 신뢰 가능한 사람인지 여부도 중요하다.

희망찬 응원을 해주는 다정한 사람들은 자칫 독이 되기도 한다. 만약 냉철하고 신뢰 가능한 전문가 지인들이 재능에 대해 별다른 평가를 해주지 않는다면 아마 그 말이 맞을 것이다. 대신 가끔은 모두가 다 가망성이 없다고 말릴수록 열정이 불타올라 스스로 돌파구를 찾아내는 경우도 있다. 무모하게 퇴로를 끊는 결단이 그 사람의 숨겨진 재능과 가능성을 찾아내주기도 한다. 그러나 이 역시도 타인들의 냉혹한 평가에 부딪쳐보았기 때문에 의지가 선명하게 드러난 것이라 볼 수 있겠다. 타인의 견해는 그 자체가 답이 아니라 그 견해를 듣고 스스로의 마음을, 앞으로의 답을 찾게 도와주는 거울의 역할 정도가 다다.

진짜로 간절하게 글을 쓰고 싶은 사람이라면 '내게 재능이 있을까?'라고 묻지도 않을 것이다. 정말 특별한 재능이 있는 사람이라면 이미 재능이 밖으로 흘러넘쳤을 테고, 대부분

고만고만한 우리에게 재능은 있고 없고의 문제라기보다, 여러 가지 행동과 실천의 '결과'로서 어쩌면 중간부터 드러나는 무엇일지도 모른다. 구체적인 형태로 나타나기 전까지는 그저 너무 쓰고 싶으니까 쓰고 있었을 것이다. 그러니 어떤 목표 지점의 성취나 인정을 바라기보다 글쓰기 작업 자체를 일단 진심으로 사랑해야 하는 것이다. 작가의 재능은 글을 쓰면 쓸수록 발견될 가능성이 높아지고, 그래서 결국 포기하지 않는 이들이 도중에 후천적 재능을 만날 개연성이 커진다. '오래 버티는 것 자체가 재능이다'라는 말은 그런 측면에서 꽤 일리 있는 말이다. 시간이 그렇게 엎치락뒤치락 흐르다 보면 타고난 재능과 후천적 재능의 경계선조차 흐릿해져간다.

여전히 책을 낼 때마다 이번이 내가 쓸 수 있는 마지막 책이라는 생각을 지울 길이 없다. 매번 '내가 다음 책을 또 써낼 수 있을까'라며 아득해한다. 타고난 재능이 있다고 해도, 후천적 재능을 일궈냈다고 해도 그것은 어디까지나 시한부 선물. 당장 할 수 있는 일에 집중하며 일단은 미리부터 걱정하지 않기로 다짐해본다. 어차피 글쓰기는 긴 시간을 들여서

해야 하는 나 자신과의 승부다.

2장

글쓰기의 고민

자기 검열

한 남자분이 묻는다. 글을 쓰는 중인데, 과거 연인이 언급될 수밖에 없는 상황이며, 그것 때문에 현재의 연인이 상처를 입을까 봐 우려가 돼서 글을 써야 할지 말아야 할지 고민이라고. 마음은 애틋하지만 글을 쓰는 것에 다정한 치유의 기능만 있는 건 아니다. 진실한 글은 나와 가까운 사람들에게 상처를 줄 수도 있고, 나 역시 상처를 입기도 한다. 피를 흘릴 준비를 하시라고 나는 일갈했다.

자유롭게 표현하고 싶지만 누군가에게 상처를 주거나 자신의 치부가 드러날까 봐 두려울 때는 글을 쓰지 않거나 상처를 각오하거나 둘 중의 하나를 선택해야 한다. 어느 쪽을 선택하든 자유지만 대개의 작가들은 정말로 하고 싶은 이야기라면 위험을 무릅쓰고 그냥 쓸 것이다. '누가 이 글을 읽고 어떻게 생각할까'를 거듭 생각하다 보면 앞으로 나아가지 못하기 때문이다. 불필요한 언쟁에 휘말리기 싫어 소셜미디어에서 편의상 자체 검열 기능을 작동하는 경우는 보아도, 책 원고의 경우엔 적어도 편집자가 '이건 빼는 것이 좋겠다'라고 하기 전까지는 어떤 것을 쓰든 작가의 자유고, 보통은 무아지경 상태로 쓰기 때문에 그런 경계 자체를 의식하지도 않는다.

실용서나 인문서라면 경우에 따라 타깃 독자를 상정하고 쓰겠지만 에세이나 시, 소설 같은 문학 장르의 글은 쓰고 싶은 것을 쓰는 게 전부다. 독자들에게 어떻게 받아들여지고, 어떻게 읽히느냐는 그다음 문제이다. 적어도 나의 경우 어떤 형태로든 독자를 먼저 고려하면서 쓰는 일은 없다. 독자들을 의식하면서 글을 쓰면 작가의 자유가 없기에 결과적으로 글을 읽는 독자들에게도 좋지 않다. 독자들이 나의 어떤 점을 좋아한다고 하더라도, 작가는 주문형 글을 쓰는 사람이 아니기도 하다. 책이 출간된 이후에는 조금 친절해도 되지만, 출간되기 전까지는 오로지 작가의 몫이다.

특히 에세이는 저자의 속살이 적나라하게 드러나는 자비 없는 장르이다. 자기 검열의 흔적은 여과 없이 드러난다. 솔직함을 가장한 자기 포장인지, 자유롭게 고백한 있는 그대로의 생각인지 행간에서 모두 전달된다. 에세이는 모호하게 숨기면서 아름답게 치장하기보다 정직하면서도 정교하게 드러낼 때 훨씬 더 매력적이다. 내가 어떤 내용을 얼버무리고 있는지, 어떤 내용을 일부러 모호하게 흐리고 있는지, 어떤 내용을 말하기 두려워하는지 알아차리고, 내 안의 것을 있는 그대로 드러내는 것을 두려워하지 말아야 한다. 간절히 쓰고 싶은 이야기가 있으면 자기 검열이나 자의식을 떨쳐내고, 어렵게 꺼내는 이야기인 만큼 섬세하게 잘 전달하기 위해 공을 들인다. '나답게'라는 것은 역설적으로 나를 의식하지 않고 쓰는 것이다. 포장하거나 가면을 쓴 글은 오래 못 가고 어느 순간 스스로도 괴리를 느껴 글 쓰는 행위 자체가 고통이 된다. 정직함과 솔직함은 글쓰기를 장기적으로 오래 견딜 수 있게 해주는 유일한 방법이다.

* * *

자기 검열을 하는 것은 나나 내 글에 대한 사람들의 부정적인 반응이 두렵기 때문인데, 두려워하면서도 호기심을 가지는 게 인간이다. 인간은 스스로에 대해 관심이 많아 다른 사람들이 자신에 대해 무슨 이야기를 하는지가 궁금하다. 나도 틈이 나면 내 이름 석 자를 검색한다.

"이름 검색은 하기로 마음먹었으면 속속들이 죄다 찾아서 끝까지 읽거나, 아니면 아예 처음부터 아무것도 보지 말아야 해."

대중을 상대로 일을 하는 지인이 내게 조언을 남긴 적이 있다. 정작 자신은 전자의 경우로, 매일 밤 하루 일과가 끝나면 지쳐서 절로 잠이 들어버릴 때까지 그날 올라온 글을 다 검색해서 보지 않으면 직성이 풀리지 않는다고 했다. 습관적으로 자기 이름을 검색하던 또 다른 지인은 악플에 한번 크게 시달린 후로 다시는 인터넷에서 자기 이름을 검색하지 않기로 결심했다.

"제가 그간 한 일 중에서 가장 용기 있고 힘든 일이었어요."

그렇게 반년 넘게 단 한 번도 자기 이름을 검색하지 않고 버티자 삶이 훨씬 더 자유로워졌다고 했다.

어떤 저자는 자기 이름을 검색하다가 책에 대해 비판하는 내용이 있으면 블로그 주인에게 게시글을 내려달라고 요구한다고 했다. 신간 판매에 영향을 줘서 해를 입히기 때문이란다. 공들여 쓴 책을 부정적으로 평가하는 글을 보고 기뻐할 작가는 없을 것이다. 하지만 대중을 상대하는 모든 일은 비판 또는 평가를 받는 것을 전제로 한다. 싫은 소리 듣기가 정 괴로우면 검색을 하지 말든가, 글을 쓰지 말든가 결정할 일이다.

내가 블로그에 거론된 책 리뷰를 주로 찾아보는 이유는 어떤 라이프스타일과 연령대, 취향을 가진 독자들이 어떤 동기와 경로로 읽는지가 궁금하기 때문이다. 읽다 보면 같은 글을 두고 상반된 평가가 있음을 자연스럽게 알게 되는데, 특히 소설이 그렇다. 간결한 문체는 관점과 취향에 따라서 누구에겐 '담백'해서 좋을 수 있고, 누구에겐 '평이'해서 별로일 수 있다. 어떤 특정 장면에 대해 한 독자는 작위적이라고 평가하는가 하면 다른 독자는 자신이 실제 주인공이 된 것처럼 생생했다고 고백했다. 글은 읽는 사람에 따라 다른 운명에 다다른다. 고로 독자로부터 안 좋은 소리를 들었다고 해서 그 말에 괴로워할 것까진 없고 '아, 그렇구나'라고 참고하는 정도로 활용하면 그만이다. 도리어 세상에는 참으로 다채로운 관점과 취향이 공존하고 있음에 안도할 일이다. 한 사람의 독자로서 내가 여러 저자들에 대해 다 다른 호불호와 감정을 느끼듯이. 그러니 이 세상에 그만큼 다양한 독자들을 만족시킬 다양한 작가들이 공존하는 것이다.

What I Think About When I Write

반드시 소설을 써야 하는가

일각에선 소설과 시만이 진정한 문학이라는 관점이 있다. 같은 맥락으로 에세이는 잡문으로 치부된다. 소설만 써온 작가들은 에세이를 소설과 소설 사이에 머리 식히는 용도의 가벼운 글로 보거나 매체에 기고한 토막글을 모아서 '털어내는' 정도로 치부한다. 딱히 공을 들이지는 않았다는 듯 머쓱한 티도 낸다. 작가 수전 손택은 자신이 소설보다 평론, 사회비평, 에세이로 이름이 알려진 것에 불만을 품었고, 자신의 소설이 인지도에 비해 인정받지 못한다는 사실에 끝까지 괴로워했다. 작가 무라카미 하루키도 소설만큼이나 수많은 에세이와 논픽션을 썼고, 에세이의 인기도 소설 못지않지만 여러 인터뷰에서 자신은 어디까지나 장편소설 작가라고 거듭 주장한다.

소설을 쓰지 않던 시절에 이런 이야기를 접하면 다소의 언짢음과 소외감을 느꼈지만, 이제는 그 마음이 어디서 왔는지 이해한다. 소설을 향한 추앙은 내가 소설을 쓰면서 어쩔 수 없이 인정하게 된 부분이다. 우선 소설을 쓰는 일이 워낙 힘들다. 깊은 몰입과 집중, 내가 가진 모든 것을 쏟아붓는 헌신, 절대적으로 할애해야 하는 긴 시간 때문에 기본적으로 무게를 갖는다. 쓰는 과정이 힘들었던 만큼 깊은 충족감과 애틋함을 느끼는 데다 인간에게는 자신이 가장 공들인 대상을 통해 평가를 받고 싶어 하는 마음이 있다.

소설은 끝없는 문제 풀이의 반복으로, 다 쓰고 나면 내가 이걸 어떻게 썼나 싶다. 온 힘을 다해 장애물을 하나씩 넘는 경험을 하다 보면 시작할 때와 달리 내가 서 있는 자리가 옮겨져 있고, 그 전과는 조금 다른 사람이 되어 있음을 느낀다. 보다 선명해진, 또렷해진 자신을 발견한다. 한 세계를 창작하는 작업 안에는 뿌리를 뒤흔드는 작용이 있다. 소설책에 수록된 작가의 말이 종종 모호하고 감상적인 것은 고되면서도 황홀한 특수한 경험 탓이다. 어쨌거나 그 이상한 기분은 직접 써보기 전까지는 완전히 이해하기 어렵다.

나의 경우 칼럼으로 글을 쓰기 시작해 에세이로, 에세이에서 소설로 넘어갔다. 에세이를 쓰다가 소설을 시도해본 것은 출판업계에 은은하게 스민 소설을 향한 배타적인 존중을 감지했기 때문이다. 칼럼과 에세이, 소설을 두루 쓴 경력이 있는 분께 "소설은 꼭 써봐야 하는 건가요"라고 물었다. "직접 써보고 나서 대답은 스스로 내리면 돼." 그분의 대답은 간결하고 타당했다. 여러 복잡한 생각은 하지 않고 일단 첫 단편소설집을 썼고, 다행히 그 후로도 6권의 소설을 쓸 수 있었다.

작가라면 소설을 써봐야 하는가.

가능하다면 써보는 것이, 혹은 써보고 싶었다면 쓰는 것이 좋다. 다른 것을 다 떠나서 소설을 쓰는 경험은 에세이를 한결 입체적으로 쓸 수 있게 도와준다. 그렇다고 에세이가 만만하다는 말은 아니다. 잘 쓴 에세이가 주는 큰 감동은 쉽게 찾아볼 수 있는 것이 아니다. 쓰는 입장에서 소설이 '일반적으로' 더 고되고 그만큼 내면에 깊은 작용을 한다는 것이지 읽는 입장에서 소설과 에세이의 우열을 단편적으로 가리긴 어렵다. 다만 '좋은 에세이'와 '좋은 소설'을 기다릴 뿐이다. 가령 여기저기에 기고한, 톤이 제각각인 토막글을 긁어모아

엮은 에세이는 편집자가 아무리 분발해서 다듬어도 처음부터 끝까지 한 주제로 한달음에 써 내려간 에세이와는 깊이나 밀도가 다를 수밖에 없듯이.

소설은 각본처럼 결론까지 다 짜여진 '시놉시스'에서 시작하지 않는다. 몇 가지 단서만을 가지고 더듬더듬 직감을 믿고 어둡고 긴 터널을 걸어 들어간다. 일단 써야만 그다음에 써야 할 것들이 보이고, 한 걸음씩 안갯속을 헤매가며 이야기의 윤곽을 잡는다. 결과적으로 어떻게 터널 밖으로 나올 수 있었는지는 쓰는 당시에는 잘 의식하지도 못한다. 소설 작업을 하는 동안에는 너무나 예민한 사람이 되는데, 그것은 소설이 완결되는 그날까지 하루도 빠짐없이 소설 속 세계에 닿아 있어야 하기 때문이다. 쓰는 동안에는 각각의 복잡하고 모순된 감정을 지닌 등장인물들에 빙의된 상태로 지낸다. 시작부터 끝까지, 그러니까 최소 1년 동안은. 그에 비해 현실의 삶은 그저 성가시게만 느껴져서 최소한으로만 속세를 상대하며 버티려고 애쓴다.

힘들어서 미쳐버릴 것 같은데 또 한편으로는 형언할 수 없는 감미로움이 있다는 게 소설 쓰기의 유별난 지점이다. 사회과학 전공자이자 사무직 직장인 출신이던 내게 예술이라는 단어는 늘 낯설고 부끄러운 단어였는데 소설을 쓰면서 나는 처음으로 '예술'에 닿아 있다는 매혹적인 감각을 느꼈다. 그 감각은 감히 '신성'이라고 표현할 수도 있겠다. 아름다운 것을 만드는 일에 몰입함으로써 나는 다른 차원의 세상에 혼자 가 있는 듯 얼이 나간, 달리 말하면 '곱게 미친' 상태였던 것 같다.

소설을 쓰는 사람에게 소설이란 얼마나 팔렸는가, 어떤 평가를 받았는가 이전에 내가 쓰고자 하는 걸 제대로 써냈느냐에 대한 자기 납득이 너무 중요한, 어쩌면 가장 극단적이고 개인적이고 이기적인 형태의 예술이다. 주변에서 아무리 좋다고 해줘도(그런 일은 잘 일어나진 않지만) 내가 석연치 않으면 의미가 없다. 지어낸 '픽션'이면서도 스스로에게 절대 거짓말을 할 수가 없고, 그 사람의 가장 정직한 내면이 드러나는 묘한 장르의 글이기도 하다. 또한 말할 것도 없이 이 세상에서 가장 효율이 나쁜 일 중 하나다. 그러나 조금만 어리바리해도 코 베어 가는 이 세상에서 비효율적인 일에 자발적으로 나의 시간과 힘을 바치는, 세상의 흐름과 반대로 가는 경험에는 뭐라 형언하기 힘든 감동이 있다.

What I Think About When I Write

자기 의심과 믿음

전설적인 가수 밥 딜런의 일대기를 그린 영화 〈컴플리트 언노운A Complete Unknown〉에서 밥 딜런Bob Dylan은 기로에 선다. 독창적인 창법과 자작곡으로 데뷔한 후 포크 가수로 찬란한 인기를 구가하지만, 어느 순간부터 대중들은 히트곡만 불러주기를 원하고, 어떤 전형성을 부과하여 자신들이 바라는 모습대로 행동해주길 요구한다. 밥 딜런은 이런 전형적인 스타덤의 덫에 숨 막혀 하며 은둔해서 새 노래를 만드는 것에 매진한다. 그리고 마침내 뉴포트 포크 페스티벌이 열리자 그는 본래 부르기로 한 대히트를 친 포크송 〈Blowin' In The Wind〉 대신 전자기타를 사용해 록에 가까운 〈Like A Rolling Stone〉을 제멋대로 불러버린다. 그의 포크 음악을 들으러 온 관객들은 경악하며 야유를 퍼붓고 주최 측은 그의 무모함(혹은 일탈 행동)을 비난한다. 밥 딜런은 사람들이 반감을 가질 것을 알면서도 기어코 자신이 부르고 싶은 노래를 불러 예술가로서의 자유를 쟁취한다. 이날 그가 쓰레기를 얻어맞으면서 무대에서 부른 신곡들이 들어간 신작 앨범 《Highway 61 Revisited》는 록 음악 역사상 가장 중요한 작품 중 하나로 손꼽히며, 그는 이 앨범으로 자신의 한계를 뛰어넘는다.

   '사람들이 내게 원하는 것'과 '내가 원하는 것' 사이에서 창작자는 어떻게 해야 하는가. 밥 딜런의 충동적인 신곡 발표를 막으려던 동료 가수 조안 바에즈Joan Baez는 '우선 대중이 원하는 것을 주고 나서 생각해보자'고 그를 어른다. 위태로운 모험을 하기보다는 상황을 받아들이며 눈치껏, 하지만 타협이라기보다는 그렇게 함으로써 예술 곁에 오래 머무르려는, 나름대로 예술을 사랑하는 신중한 방법이다. 하지만 밥 딜런은 손에 겨우 쥐어질 것 같은 그 희미한 빛을, 지금 바로 이 순간 움켜쥐지 않으면 자신을 용서하지 못할 것 같은 기분을 느낀다. 그라고 해서 불안이나 자기 의심이 없었을까? 하지만 '이게 지금 내가 원하는 것'이고, 대중들이 좋아하든 아니든 '지금 이것이 내가 하고 싶은 음악이야!'라고 온 세상을 향해 외치고 싶은 마음이 모든 것을 압도해버린 것이다. 인기의 추락은 한순간인 것. 그러나 그럴 가능성을 알고도 때로는 퇴로를 끊어내야 스스로를 겨우 보존할 수 있음을 본능적으로 직감하면 어쩔 도리가 없다. 나 자신을 잃고 나면 그 무엇도 의미가 없으니.

만화《동경일일東京日日》에는 장발의 깡마른 젊은 만화가 '아오키'가 등장한다. 그는 상습적 '투덜이'로, 자신의 애매한 인지도와 인기가 늘 불만이다. "난 평생 고만고만하게 요 정도에서 끝날 거야." 그러던 어느 날 우연한 계기로 작업한 새 만화가 하루아침에 대히트를 친다. 인기 만화가가 된 기쁨도 잠시, 아오키는 마감을 앞두고 고향으로 잠수를 탄다. 담당 편집자 '하야시'가 시골 마을로 찾아가 대체 왜 그러냐고 묻자 아오키는 이제 만화를 그만 그리고 싶다면서 이렇게 덧붙인다. 이 세계는 적성에 안 맞고, 자신이 속 빈 강정 같은 인간이었다는 것을 만화가 잘 팔리고 나서야 겨우 자각했다고. 얼마 안 가서 그 사실이 들통날 생각을 하니 견딜 수가 없었고, 이대로 계속 가다가는 정신줄을 놓아버릴 것 같았다고.

갑작스럽게 유명해진 것이 반갑기보다 공포로 다가오는 일. 실제보다 자기가 과대하게 포장되어 있다는 깨달음은 많은 창작자들이 겪는, 남들이 잘 알아주지 않는 고통이다. 내가 나 자신으로부터 소외되어 있는 감각. 나를 둘러싼 모든 것들이 연기 같고 '진짜'처럼 느껴지지 않는 이물감. 자기 분수, 다시 말해 자기 깜냥, 혹은 그릇에 맞는 정도로 자기 일을 구현해내고 딱 그만큼의 평가를 받는 것이 마음은 평온하겠지만 세상일은 내 마음대로 되지 않는다. '내 실력에 비해 제대로 인정받지 못하고 있다'와 '내 실력에 비해 너무 과하게 사랑받는 게 아닐까', 이 부족과 넘침의 불편함은 시소처럼 위태롭게 흔들린다. 과한 사랑은 언뜻 배부른 고민으로 보일 수 있지만 내가 바라던 방향성과 어긋나는 방식으로 알려지는 경우는 어떤 면에선 전자의 고민보다 더 막막하고 주변의 공감도 얻기 어렵다.

무뚝뚝하지만 지혜로운 담당 편집자 하야시는 '당신은 그만한 인기를 누릴 자격이 있다'는 말로 자신이 담당하는 만화가를 추켜세우지 않는다. 대신 대수롭지 않다는 듯 무심한 어조로 "그래도 만화 그리는 거 좋아하시잖아요"라며 그의 가장 깊숙이 있는, 변치 않는 진실을 살포시 짚어준다.

"……"

아오키는 제 발로 다시 작업실로 돌아간다.

가수 밥 딜런도, 만화가 아오키도, 그리고 글을 쓰는 나도 세상의 온갖 잡음 속에 자아가 흔들리고 불안해질 때에야 우리가 돌아갈 유일한 장소를 자각했다. 밥 딜런은 기타를 들고 곡을 썼고, 아오키는 만화를 그렸고, 나는 책상 앞에 앉아 글을 썼다. 창작 작업에 수반되는 모든 부속적인 일들—자기 의심, 비즈니스의 세계, 유명세를 치르는 일, 변해가는 주변의 인간관계—을 뒤로하고 그 업의 가장 원형이 되는 일에 집중했다. 그 모든 변화에도 불구하고 가장 기본이 되는 그 일—작가라면 글을 쓰는 일—이 여전히 기쁨을 가져다준다면, 어떤 상황에서도 지속해나갈 수가 있다. 그렇게 시간과 마음을 그 일에 부단히 들이다 보면 어느덧 내가 나를 믿게 되고 내가 바라는 방식으로 타인이 나를 믿어주게 된다. 신인일 때는 남들이 알아주지 않으면 불안하지만 경험이 쌓일수록 일을 하는 기쁨만으로도 나를 지탱하는 방법을 터득한다. 혹은 일 자체의 기쁨으로 스스로 버티는 방법을 터득한 자만이 지속 가능한 창작을 한다.

꿈을 위해 자신을 좋은 상태에 두기

✳

글쓰기는 글이 몸과 정신을 통과하여 문자화되는 작업이라 나의 상태가 그대로 글에 반영된다. 몸과 정신이 강인해야 더 깊은 곳에서 흔들림 없이 생각을 길어 올릴 수가 있다. 나는 몸이 좋지 않으면 강퍅하고 변덕스러운 기분에 글이 휘둘리기 때문에 컨디션이 회복되기까지 가급적 글을 쓰지 않는다. 컨디션이 늘 최고는 아니어서 매번 미세한 차이로 글이 들쑥날쑥한다. 수정을 여러 번 하는 것도 그 때문이다.

몸은 정신을 만들고 지탱한다. 4년 넘게 꾸준히 달리기를 하는 이유도 오로지 글을 쓰기 위해서이다. 운동하는 것을 별로 좋아하지 않지만, 글을 쓰는 데에 '필요'했다. 밤에 인기척 없는 길을 달리면서 좋아하는 음악을 크게 들으면 조금 낭만적이고 감상적인 상태가 된다. 물리적으로는 뇌에 산소가 공급되고 혈액이 순환하면서 머릿속이 리셋되어 다음 원고 작업에 도움을 준다. 달리지 않을 때는 코어 힘을 키우기 위해 근력운동을 하고 거의 매일 인근 숲으로 긴 산책을 다녀온다. 글을 쓰기 위해 나를 좋은 상태에 두기 위한 선택들이다. 사소하게는 작업할 때 성가시지 않도록 늘 손톱을 짧게 깎고 몸에 아무 장식물도 하지 않는다.

정신을 글쓰기에 할애하려면 산만함을 배제해야 한다. 원고를 쓰는 동안 나는 거의 사람을 만나지 않는다. 일로 만나는 것도 최소한으로, 반드시 필요한 사람만 짧게 본다. 사적으로는 아주 가까운 사람들만 만나는데, 이조차도 쉽지만은 않다. 혹시 주변에 글을 쓰는 사람이 있다면 당신은 그 사람에게서 이런 느낌을 받았을 공산이 크다.

(1) 연락을 잘 안 받거나 늦게 체크한다.
(2) 같이 있어도 다른 생각을 하고 있다.
(3) 가시 돋친 것처럼 예민하고 경직되어 있다.

글을 쓰는 일을 일상의 중심에 놓고, 동시에 활발한 사교 생활을 영위하는 것은 불가능하다. 사교적인 인간관계는 얕을 수밖에 없다. 그 특성이 진정하고 진실한 마음의 움직임을 좇는 글쓰기의 본질과 정면으로 충돌하기 때문이다. 또 다른 이유로는 여러 사람들과 접하면 집중력이 깨지고, 원고를 쓰는 동안에 다른 사람 일에 진심으로 관심을 기울이기가 물리적으로 어렵기 때문이다. 나는 그것이 절대적인 몰입을 필요로 하는 이 일이 야기한 어쩔 수 없는 부분이라고 생각한다. 상대가 어떤 선을 넘어 집중력을 흐트러트린다면 날카로운 이빨을 드러내어 물어뜯게 된다. 나는 스티븐 킹의 소설 《샤이닝The Shining》에 등장하는 작가 지망생 주인공 잭 소로의 황폐함과 광기를 십분 이해하며 소설의 장르가 호러가 아니라 현실적 다큐멘터리가 아닐까 하고 생각한다. 고립된 공간에서 써야 할 소설이 있는데 그 순간 심심해하는 처자식이 앞에서 왔다 갔다 한다면, 특히 남편의 가능성을 믿고 아직 쓰지도 않은 소설의 성공을 바라는 듯한 나이브한 미소의 아내를 보고 있노라면 고마운 게 아니라 미쳐버릴 것이다.

사람을 만나는 것은 책을 출간한 후 혹은 원고 수정과 수정 사이 원고를 식히는 동안이 최적인데, 이런 이기적인 패턴을 말없이 이해하고 서운해하지 않을 거의 유일한 사람들은 작가들 같다. 얼마 전에 한 작가를 만났는데, 나와 함께 있는 내내 어딘가 날이 서 있어서 내가 뭘 잘못했나 싶었다. 함께

점심을 먹고 나서 차 한잔 더 하고 싶었는데 그냥 거리에 서서 얘기만 조금 더 하다 헤어졌다. 마음이 딴 데 가 있는 사람처럼 행동해서 어쩐지 서운했는데, 소설 작업을 시작해서 그렇다는 것을 뒤늦게 깨달았다. 나라고 다를까. 다른 사람들도 안 좋은 타이밍에 나를 보면 그런 느낌을 받지 않았을까.

책 작업을 하는 동안에는 만나는 사람을 까다롭게 가린다. 특히 나의 영혼을 상하게 할 것 같은 사람들과 거리를 둔다. 직관적으로 거슬리는 사람은 무조건 피한다. 그들은 꼬이거나 탁하거나 질투하거나 욕망이 이글이글하거나 지금 너무 복잡한 사람들이다. 다시 말해 나에게 감정 노동을 시키거나 가면을 쓰게 만드는 사람은 곤란하다. 이렇게 저렇게 까다롭게 따지다 보면 결국 원고를 쓰는 동안에는 같이 있으면 마음이 편한 극히 일부의 사람을 제외하고는 대부분의 시간을 혼자 보낸다.

정신이 사소한 것에 열을 내거나 쓸데없는 일에 개입하는 일은 없어야 하기에 타인의 소셜미디어도 거의 보지 않으며 자극적인 뉴스도 모두 피한다. 사실상 자기만의 외딴섬에 가 있어야 한다. 그것은 자못 도 닦는 사람의 일상인데, 집필-운동-휴식-독서의 정해진 루틴을 꽤 긴 시간 동안 지켜내지 못하면 작업이 이어지기 어렵고, 작업이 이어지지 못하면 책을 계속해서 내거나 저술업을 이어나갈 수 없다.

원고 작업을 하는 동안 나는 속세와 관련된 것들—가령 재테크나 부동산, 자녀 교육—에도 사실상 관심을 기울이지 못한다. 물론 내가 그런 것들에 관한 책을 쓰는 사람이라면 또 다르겠지만 그런 화두들과 섞이는 일이 체질적으로 부대낀다. 가령 감정의 결을 세밀하게 좇아가는 사랑 소설을 쓸 때 재테크, 부동산, 자녀 교육 같은 주제는 가까이하기에 여간 곤혹스러운 것이 아니다. 감정적으로 휘몰아치는 글을 쓰는 동시에 효율적이고 계산적이고 합리적이기는 쉽지 않아 보인다. 가슴 저린 장면을 쓰는데 집주인에게 연락이 오거나 아이 학교 선생님과 학기 초 면담이 잡히기라도 하면 그렇게 속이 부대낄 수가 없다. 내적으로 충돌해서. 그런 마음을 갖는 나 자신이 유난하고 같잖아서. 아이한테 미안해서. 하지만 그것은 나쁜 것이 아니라 그냥 그 시점에 내가 피해야 하는 어떤 세상일 뿐이다. 그래서 가급적 내가 무너지거나 인간관계가 일그러지지 않도록 가장 집중력을 필요로 하는 초고는 가급적 한달음에 몰아서 쓰는 편이다. 나는 작가이기 전 가정을 가진 생활인이기에 가족과 세속적인 문제에서 완전히 벗어날 수도 없다. 그래서 책 출간 후 새 책 작업에 들어가기 전 약 두 달 동안 자체 휴가를 가지며 집안 문제에 집중적으로 신경 써서 세팅을 마쳐버린다.

이 글을 쓰는 내가 문득 징글징글하다. 하지만 내 책을 좋은 마음으로 읽었다면 부디 이해해주기를 청한다. 그 책은 나름대로 최선을 다해 내가 나를 힘겹게 지켜나간 대가로서 이 세상에 나올 수 있었다. 우리가 독자와 저자로 만나기 전까지 나는 세상 과묵하고 짜증 많고 나밖에 모르는, 별로 호감 가지 않는 사람이다. 더 나은 글을 쓰고 싶기 때문에. 당분간 나의 경직되고 찌푸린 표정은 수성동계곡의 나무들에게만 보여주려고 한다.

What I Think About When I Write

질투와 모멸감

동종업계 사람들끼리 동고동락하며 친한 경우를 많이 본다. 그렇다면 작가들은? 그들은 서로의 처지와 내밀한 고민을 그 누구보다 깊이 이해하지만 그렇다고 서로에게 좋은 친구가 될 수 있는가 한다면 고개를 갸웃하게 된다. 한 카페에 한 명 이상의 작가가 글을 쓰고 있으면 안 된다는 농담이 있는데, 저술업에 진심일수록 작가들끼리는 적당히 거리를 두는 것이 권장된다. 각자의 섬에서 치르는 외로운 분투를 서로가 알아줄 수는 있지만, 작가들은 기본적으로 자기중심적이기 때문이다. 자기 내면으로 침잠하는 습관에 비해 한편으로 무대에선 자신이 주인공이어야 직성이 풀리는 어떤 성정이 동반한다. 다시 말해 자신의 작품을 그 무엇보다 귀하게 생각하고, 작품 혹은 자신이 초라해지는 것은 견딜 수가 없다. 좋게 말해 '자아가 확고하다'고 해두자.

글을 쓰는 동안에는 종종 자신감이 없고, 외롭고, 많은 것이 불확실하기 때문에 다른 저자들을 만나면 반가워서 고충과 정을 나누고 서로에게 의지하고 싶어진다. 하지만 같이 달리다가 누가 먼저 훌쩍 앞서가기라도 하면 겉으로는 축하

해도 마음이 복잡해진다. 질투라는 감정은 정직하게 내 욕망이 어디에 위치해 있는지 알게 해준다. 작가 대부분은 어느 단계에선가 극심한 질투의 괴로움에 시달린 경험이 있을 것이다. 질투가 더 이상 느껴지지 않는다면 상대가 가진 걸 욕망하지 않게 된 것인데, 상대의 성취가 내 지향과 맞지 않음을 알게 되었거나 내가 그 간극을 메꾸며 그사이 더 나은 상황이 되었다면 담담할 수 있다. 질투에서 가장 멀리 있는 길은 자신의 글쓰기에 대해 더 긍정하게 되었을 때나 최선의 글을 써냈다는 충족감이 있을 때에만 한시적으로 가능하다.

똑같이 애쓰는 것 같은데 다른 작가들에 비해 내 재능과 운이 한없이 작게 느껴져 시무룩해질 때도 나는 어떤 작가라도, 어떤 단계에서는 다른 누군가에 비해서는 늘 부족하고, 자존심 상하고, 일정 부분 소외되어 있을 거라고 생각한다. 작가는 결국 혼자 해야 하는 직업이고, 내가 나를 응원해서 앞으로 나아가야 하는 직업이다. 원래 그런 업이니 다시 방으로 들어가 좀 더 나은 글을 쓰려고 애쓰는 것 말고는 할 수 있는 게 없다. '남들은 다 잘나가는데 나만 이렇게 초라해'라고 느껴질수록 무심함이 필요하다. 스스로를 외부로부터 보존하는 것. 끊임없이 주변 모든 것들에 적당히 초연한 것. 휩쓸리지 않는 것. 사람들이 열광하는 것을 식은 눈으로 보는 것. 시선을 안으로 돌리는 것. 그래도 괜찮다는 것을 자연스럽게 받아들이는 것.

영화 〈추락의 해부〉는 성공한 작가 아내 산드라와 대학교수이자 작가 지망생 남편 사무엘의 이야기다. 남편이 별장에서 추락사하자 아내는 유일한 피의자로 지목되고 부부의 복잡한 관계가 재판정에서 드러난다. 녹취된 부부 싸움 장면이 이 영화의 압권이다. 남편 사무엘이 아내의 창작 활동을 지원하느라 육아를 전담해 글을 쓰지 못하고 있다고 성을 내자 아내 산드라는 남편의 자기 연민과 비겁함을 강하게 비난한다.

"당신은 피해자가 아니에요. 전혀 아니에요. 당신의 관대함은 더럽고 비열한 무언가를 숨기고 있어요. 당신은 자신의 야망을 직면할 수 없고, 그로 인해 나를 원망하죠. (…) 당신은 두려워서 방관하는 걸 선택한 거예요! 당신의 자존심은 아이디어의 싹이 트기도 전에 머리를 터뜨려요! 당신은 자신의 망할 기준과 실패에 대한 두려움에 얼어붙어 있어요! 이것이 진실이에요!"

개인적으로는 언뜻 대학교수가 작가보다 나은 거 아닌가 생각했지만 그것은 얼마간 한국적인 상황이고, 일반적으로 예술을 하고 싶어 하는 사람이 실제로 예술 하는 사람, 그것도 인정받으면서 예술 하는 사람에 대해 느끼는 질투의 감정이 얼마나 무시무시한지 영화를 보며 새삼 깨달을 수 있었다. 하물며 부부 관계에서도 파트너의 성취를 갈망하고 텁텁한 질투를 느끼게 하는 창작의 세계란.

＊ ＊ ＊

질투가 멋대로 다른 작품이나 작가를 보면서 느끼는 감정이라면 모멸감은 타인이 안겨주는 비루한 감정이다. "너는 소설 못 쓸 거야. 어휘력이 달려서." 이 말을 누군가로부터 들었을 때 나는 화가 났지만 한편으로는 납득했던 기억이 난다.

어휘력이 달리는 것은 한국에서 초중고등학교를 다니지 않아 어쩔 수 없는 면이 있다. 나는 분노하거나 반론을 제기하는 대신 진실은 늘 중간 지점 어딘가에 있다고 마음을 추스르는 쪽이다. 그 말을 가만히 듣다가 '그렇다면 나의 제한된 어휘를 최대한으로 사용해서 써보자'고 생각하고는 조용히 소설 쓰기를 시작해버렸다.

대만의 작가 찬쉐도 친구에게 원고 두 편을 보여줬을 때 "그만 써. 너는 이 일에 안 어울려. 앞으로 고생길이 훤히 보인다"라는 충고를 들었는가 하면, 대학 시절 문예 동아리 지도 교수는 그의 첫 번째 소설을 보고 단도직입적으로 "너는 소설이 뭔지 전혀 모르는구나"라고 일갈했다고 한다. 세상에는 작가가 출판사들로부터 받은 출판 거절 편지만을 모아 낸 책마저 존재한다. 나 또한 작가가 되기 이전부터 서러움과 모멸감이 일상다반사였다.

그리 알려지지 않았던 저자의 책이 시장에서 반응을 얻으면 무수히 많은 편집자가 같이 책을 내자고 연락을 해온다.

반대로 출간 전까지는 한 몸이 되어 으쌰으쌰 기대하며 준비했던 책이 출간 후에 호응이 없으면 어느덧 시들해진 연인처럼 연락은 뜸해지고 관계는 서먹해진다. '이것이 현실이구나'를 냉정하게 받아들이고, 기왕 쓰는 것 어떻게든 최선을 다해 잘 팔리게 해야겠다고 다짐하게 되었다. 모든 아픔은 배움을 준다.

질투나 모멸감 같은 아픈 마음은 어떻게 해소해야 할까. 남과 나를 비교하기를 그만두는 것? 내가 이미 가지고 이룬 것을 곱씹으며 감사하는 습관을 들이는 것? 세간에서 이야기하는 일반적인 멘털 다스리는 법은 작가의 유별나고 성난 파도를 잠재우기엔 부족해 보인다. 관점 바꾸기나 마음 바꿔먹기로는 한계가 있다. 우리가 유일하게 할 수 있는 것은 행동이고, 그것은 다른 게 아니라 차분히 '나의 글'을 계속 써나가는 것. 제아무리 화가 나고 억울하다는 생각이 들어도 자기가 마땅히 써야 할 글을 쓰는 작업에 착수하는 것만이 과열된 신경을 진정시킨다. 작가는 비교와 경쟁이라는 관점에서 보면 국내 작가와 국외 작가, 살아 있는 작가와 아주 오래

전까지 거슬러 가서 죽은 작가들과 무한 경쟁을 하는 상황에 놓여 있다. 대형 서점에 가보면 책이 이렇게 많은데 굳이 여기에 내 책까지 있어야 하나 싶다. 하지만 서가와 매대에 놓인 살아 있거나 죽어 있는 수많은 책들의 저자들도 분명히 나와 똑같은 생각을 하며 혀를 찼을 것이다.

예술가가 되기 싫은 마음

나에게 중요한 무언가를 글로 정확히 표현해내고 황홀감을 느낄 때 글을 쓰는 일이 '예술'에 근접해 있음을 실감한다. 강렬한 추동으로 몸과 마음을 모조리 갈아 넣어 작품이 좋아질수록 스스로는 황폐해진다고도 느끼는데, 이때도 마찬가지로 이것이 예술이라고 느낀다. 작가 무라카미 하루키가 글쓰기를 두고 '깊고 어두운 우물 안으로 들어갔다 나오는 일'이라 표현하며 더 깊이 들어가기 위해 건강한 심신을 키워야 한다고 매번 강조하는 것도 그 때문일 것이다. 그만큼 글쓰기는 깊고 진지하게 파고들수록 정신이 아득해지는 감각이 있다.

가끔 인생을 통틀어 보았을 때, 이런 지향이 맞나 싶은 생각이 든다. 깊고 어두운 우물 속으로 빨려 들어가기 전에 그냥 어디쯤 적당히 얕은 곳에서 안전하게 유유히 지내고 싶은 마음도 든다. 글을 쓸 때면 감정이 직선적이고, 지나치게 감정적이 되고, 모든 것을 예민하게 받아들여 본인도 지치고 주변 사람들도 피곤하게 한다. 매번 쓸데없이 진심이 되어 늘 절박하고 서글프다. '글을 쓰는 나'에 자아도취하면서 동시에 그런 자기 자신을 의심하고 조롱한다. 이런 식이니 속세에서 권장하는 성숙하고 사회화된 인간이 되지 못할 가능성이 높다.

글을 쓰는 삶과 현실의 삶은 양립되기 어렵다. 가족들을 등지고 글을 쓴답시고 혼자 비껴가서 책 속의 세계에 몰입해 있으면, 그 열정이 때로는 저주처럼 느껴진다. 가정을 보살피는 일과 가부장적인 남자와의 결혼생활을 유지하는 일이 여자의 최우선 존재 이유로 치부되었던 시절에 시인 실비아 플라스가 머리를 부엌 오븐에 집어넣어 스스로 목숨을 끊은 일이 심정적으로 이해가 가는 것도 그 때문이다.

글을 쓰는 일은 한번 시작하면 대체로 빠져나오기 힘들다. 빠져나오는 유일한 방법은 작가로서 사망 선고를 받는 것, 다시 말해 더 이상 사람들이 내 글을 읽어주지 않을 때뿐이다. 나머지는, 적어도 독자가 있는 한 계속 뭐라도 쓰게 되는 것이 이 업의 중독성 짙은 측면이다. 저술업엔 진정한 만족이 존재하지 않고 만성적인 불만족만이 이어진다. '책이 완성되는 시점은 원고가 완전하고 완벽해서가 아니라 더 이상 힘들어서 수정할 수가 없어서 자포자기하는 순간'이라는 줌 파 라히리의 글에 힘없이 웃은 적이 있다. 글을 쓰는 사람들 은 항상 전작보다 더 나은 걸 쓰고 싶은 마음을 포기 못 하 고, 새 원고를 시작하면 또다시 첫 책을 쓰는 막막함으로 깊 은숨을 내쉰다. 대체 언제까지, 어디까지 써야 하는 걸까. 스 스로가 초라하게 느껴지는 상황들은 많고, 글이 잘 써지는 몰입의 시간을 제외하고는 대체적으로 평화가 없는 직업이 다. 가만히 있으면 감이 죽고, 그렇다고 마냥 욕망이나 야망 을 추구하기도 어려운 업이다. 저술업은 잘 안 돼도 망하는 일이고, 잘돼도 결과적으로는 일말의 황폐함과 벗하는 일이 다. 그렇게 다 알면서 떠안는 일이다.

"마냥 즐겁기만 한 예술가는 없어. 어느 때도 무엇에건 만 족할 일은 없어. 그저 이상하고 신성한 불만족만이 우리를 앞 으로 나아가게 할 뿐이야. 다른 이들보다 더욱 살아 있게 해주 는 축복받은 불만만이 있을 뿐이야."

작가 대니 샤피로가 자신의 책상 앞에 붙여두고 수시로 들여다본다는 현대무용가 마사 그레이엄의 말이 나만 그런 게 아니라는 위로를 준다. 어찌 보면 만족이 목표가 되어서는 안 되며, 그럴 수도 없다고 대니 샤피로는 짚어준다. 영화 〈서브스턴스The Substance〉로 62세 나이에 골든 글로브 여우주연상을 탄 데미 무어가 수상 소감에서 '이 업에서는 절대 만족이란 있을 수가 없다'라고 단호하게 짚어준 말도 귓가에 맴돈다. 그러나 영원히 만족이란 없다는 암울한 전망에 어쩐지 안도하는 우리들이 보인다. 이 짓을 앞으로도 오래오래 할 수 있잖아!

그러다가도 명확한 경계선이 그어진 업종을 보면 그게 그렇게 상쾌하고 부러울 수가 없다. 승부가 확실하고 언제 은퇴해야 하는지 정확하게 진단이 되는 그런 업종 말이다. 테니스 선수들의 꿈과 사랑을 다룬 루카 구아다니노 감독의 영화 〈챌린저스Challengers〉를 보면서 다른 예술계와 달리 점수로 확실하게 승패를 가르고, 순위가 정해져 자신의 깜냥을 객관적으로 볼 수 있고, 부상이 생기면 현역에서 은퇴하는 스포

츠업계의 야멸찬 확실성이 부러웠다. 적어도 글의 세계에선 공공연하게 누가 누구보다 잘나가고 못 나가는 것을 논하는 것 자체를 무례하고 천박하게 여기고, '자기만족'으로 정신 승리하는 것도 가능하며, 사실상 진입장벽도 낮아 환상과 희망 고문을 심어주기가 쉬워 잔잔하게 폐인을 양산하기에 매우 용이하기 때문이다.

한편 예술계가 가진 보편적인 특성도 있다. 영화 〈크레셴도Crescendo〉는 반 클라이번 국제 피아노 콩쿠르에 참가한 서른 명의 젊은 음악가들이 경연의 여정을 겪는 이야기를 다큐멘터리로 담았는데, 예술 분야 전체가 그렇듯이 자신의 모든 것을 쏟아붓는 부단한 자기 규율, 열렬히 수련한 자들만이 도달하는 어떤 순결한 경지 같은 것은 언제나 벅차고 감동적이었지만 내게 뚜렷한 인상을 남긴 것은 다른 측면이었다. 피아니스트들은 어렸을 때부터 늘 대회에서 경쟁하여 순위를 다투어왔지만, 그와 동시에 경연과 무관하게 음악의 아름다움을 전달하고 자신의 깊은 감정을 표현하고 싶어 어쩔 줄 몰라 했던 것.

"고립되고 외로운 순간에 음악의 꽃이 핀다."

연습, 연습, 또 연습. 압도적인 시간을 들여 혼자 자신의 연주를 다듬어가는 임윤찬 피아니스트는 영화에서 자신이 겪는 시간들을 이렇게 표현한다. 수련의 과정에 수반되는 모든 고통에도 불구하고 그 안의 아름다움을 들여다보고 발견할 수 있는 사람, 그래서 또 아침에 일어나면 새 마음으로 그 일을 하러 제 발로 걸어가는 사람. 아무래도 예술은 그런 사람들의 몫인 것 같다.

What I Think About When I Write

AI와 함께 글을 쓸 수 있을까

더위가 여전했던 8월의 어느 일요일 밤, 나는 한 출판사에서 주최하는 'AI와 함께 글쓰기' 워크숍으로 향했다. 소셜미디어 게시물에 수시로 등장하는 선정적으로 AI 운운하는 강연 같았으면 근처에 가지도 않았을 것이다. 인간의 본질을 정직하게 짚고 들여다보는 인터뷰 잡지 시리즈를 뚝심 있게 내온 곳이라 오랜 기간 신뢰를 가지고 있던 출판사였고, 워크숍을 진행하는 선생님은 서울대학교에서 'AI 기술 경험의 전유 과정에서 벌어지는 다중 사용자 협력'을 주제로 박사논문을 준비 중인 연구원이었다. 기계치이자 아이폰도 늘 구닥다리 버전을 사수하는 레이트 어답터late adopter에 챗지피티도 '지브리풍 그림으로 사진 바꾸기' 붐이 일 때 개통한 나는 AI를 낯설어하는 편에 가까웠지만 호감과 호기심이 합쳐져 능동적으로 워크숍에 신청했다.

나를 제외한 7명의 수강생들은 직장에서 글쓰기를 하면서 AI의 도움을 받는 방법을 모색하거나 다른 본업이 있으면서 에세이 집필 등을 준비하려는 분들이었다. 워크숍은 흡사 화학 실험이나 요리 클래스 같았다. 챗지피티의 핵심 역할 네

가지와 사용자가 편집에 관여하는 세 가지 구체화 요청에 대한 간결한 강의 후 그것이 어떻게 구현되는지 실연으로 함께 살펴보았다. 이어서 선생님은 A4 2장에 출력된 글을 8명에게 나눠 주고 "이 글의 어느 부분이 챗지피티의 도움을 받아 쓴 것인지 맞혀보라"며 15분을 내주었다. 정해진 시간이 흐르고 수강생들은 돌아가며 어느 부분이 직접 쓰고 어느 부분이 챗지피티의 도움을 받은 것인지, 왜 그렇게 생각했는지에 대해 의견을 공유했다.

금세 내 차례가 왔다. 말이 쉽사리 나오지 않았던 것은 읽는 동안 기분이 가라앉아 있었기 때문이다. 대체적으로 '별로'인 글을 읽을 때 내 마음이 그렇다. 글은 도대체 무슨 말을 하려는 건지 알 수 없었고, 장황하게 포장만 한 느낌이었다. 글이 자연스럽게 읽히지 않으면 15분이라는 시간도 길게 느껴지는 법이다.

"이 글은 처음부터 끝까지 기계가 썼어요. 영혼이 없어요."

당시 내 표정은 아마도 잔뜩 일그러져 있었을 것이다. 이 말을 꺼내기가 힘들었던 또 다른 이유는 만약 내가 틀렸다면 나는 선생님이 쓰신 글을 일정 부분 공격하는 셈이 되었으니까. 하지만 글쓰기를 직업으로 하는 사람은 정직하게 말해야 할 의무가 있었다. 조금 전까지의 훈훈한 분위기가 순간 싸해지며 강의실은 일순 정적에 휩싸였다. 그 와중에 단 한 사람, 선생님만이 터져 나오는 부드러운 미소를 애써 참고 있다가 정답을 말해주었다. 이 글은 처음부터 끝까지 모두 챗지피티가 작성한 것이라고 말이다. 그동안 네 차례의 워크숍을 진행했지만 이것을 맞힌 사람은 내가 처음이었다고.

* * *

오래 글을 써온 작가들은 나름의 짬밥 혹은 내공이라는 것이 있어 다른 작가들의 글을 읽다 보면 행간에서 많은 것들을 직관적으로 알아차린다. 가령 이건 실제 자기 얘기를 돌려서 쓴 것이구나, 주변 사람의 얘기를 차용했구나, 이 부분은 쓰기 싫은 걸 억지로 썼구나, 이건 작가의 내밀한 욕망

혹은 결핍의 투영일 것이다 등등. 물론 그렇다고 작가한테 가서 사실이냐고 묻거나 그걸 입 밖으로 언급하지는 않는다. 알면서도 모른 척해주는 것이 같은 업을 하는 이들의 상도의 같은 것이겠다. 그러니 그날 밤 20년간 글을 써온 내가 선생님의 시험지 글이 100퍼센트 AI가 쓴 것임을 맞힌 것은 너무나 당연한 결과인지도 모른다. 그렇다 하더라도 나는 시험을 100점 맞고 칭찬받은 아이처럼 내심 신이 났다. 마치 진짜를 알아보는 건 역시 내공이지, 같은 우쭐함이 다음 날까지도 이어졌다. 그리고 불현듯 이건 신나 할 일이 아니라는 깨달음이 소름과 더불어 몰려왔다. 이 상황은 반대로 말하면 AI가 썼는지 인간이 썼는지 대부분 알아차리지 못할 것이기에, AI로 쓰인 글이 아닌 척하며 얼마든지 자연스럽게 유포될 거라는 뜻이었다.

워크숍 2부에서는 수강생들이 두 가지 주제로 함께 프롬프트를 주문해서 글 두 편을 작성해보는 체험을 했다. 이때 나는 또 한번 '튀게' 된다. 글은 프롬프트 주문에 따라 분량이 늘어나고, 다듬어지고, 톤이 달라지는 등 점점 반죽이 모양을 잡아나가는 듯했다. 이 상황에서 내가 어떤 소재를 추가시키고 주제에 맞게 어떻게 문장의 양식을 바꿔야 하는지 구체적인 가이드라인을 프롬프트에 주문하자 강의실이 한 번 더 술렁였다. 글이 꽤—아마도 나아지는 방향으로—달라진 것이었다. 선생님은 조금 상기된 표정으로 AI 사용자가 가진 역량의 중요성과 전문가와 AI가 협업할 때 발생할 수 있는 시너지에 대해 짚었고 나는 또다시 민망해하면서도 우쭐한 감정이 들었다. 마치 글에 대해 조금은 알아야 '선택받은 자'가 되어 AI의 역량을 제대로 활용할 수 있는 것처럼. 그러나 설익은 흥분처럼, 이 또한 그리 간단한 문제가 아니었다.

전문가와 AI가 만나면 시너지가 극대화될 거라는 전망은 아마도 맞을 것이다. 사용자의 경험, 직감, 감각, 판단력, 관점과 개성 같은 것이 AI의 결과물에 분명히 차별화되고 개선된 영향을 미칠 것이다. 그런데 문제는, '과연 사용자 혹은 전문가는 AI와 만나고 싶어 할까?'였다. 이 의문이 훅 치고 들어온 것은 워크숍이 끝나갈 즈음이었다. 우리는 각자가 글쓰기에 접목해본 AI 활용 경험에 대해 돌아가며 이야기를 나누고 있었다. 나는 여자 주인공의 1인칭 구어체로 쓰인 장편소설 《다 하지 못한 말》의 남자 주인공 1인칭 구어체 버전의 소설을 하나의 가능성으로 구상해보던 중에 주요 등장인물의 직업에 대한 세부조사에 챗지피티를 활용했다고 말했다. 말하자면 빠르고 효율적인 구글 검색처럼. 이야기를 듣던 선생님이 잠시 골똘히 생각하시더니 아이디어 하나를 조심스럽게 건넸다.

"아니면⋯⋯ 아예 장편소설 원고를 챗지피티에 다 집어넣고 소화시킨 후 그걸 남자 주인공 1인칭 구어체로 바꿔달라고 주문을 해보면 어떨까요?"

그 말을 듣는데 와! 심장이 벌렁거리고 머릿속에서 폭죽이 터지는 기분이었다. 하나의 가능성이 머릿속에서 다양한 상상으로 며칠에 걸쳐 펼쳐졌다. 하지만 시간이 지날수록 형언하기 힘든 마음의 부대낌이 커져갔다. 장편소설 원고를 챗지피티에 넣고 주문을 돌려보면 분량이 너무 길어 내용이 엉킬 수도 있었고, 결과물이 매우 유치할 수도 있었다. 물론 지레 겁먹기보다는 그냥 한번 돌려보고 아님 말고, 라고 할 수도 있겠지만 그것에 대해 '생각'은 해도 '실행'은 할 수가 없었다. 만에 하나 챗지피티 원고가 조금이라도 '쓸 만하면' 판도라의 상자를 연 꼴이 되기 때문이다. 이성과 합리로만 생각한다면 일단 돌려보고 건질 건 건지는 게 맞겠지만 이것은…… 창작의 영역이었다.

시간이 더디게 흐르고 몸이 힘들어도 한 글자 한 글자 꾹꾹 글을 써 내려가는 일에는 그것만의 가치가 있다. 건조한 팩트나 디테일 조사를 위한 '검색'의 차원으로는 용인되지만 스토리와 문체를 짜고 글을 매만지는, 글쓰기의 가장 핵심적인 '창작 행위'를 AI에게 맡기는 것은 전혀 다른 문제였다. 글에 대한 작가의 자유와 통제 권한을 떠넘기는 것이고, 뭐랄까 내 영혼이 훼손되는 것을 허락하는 것처럼 느껴졌다. 혹은 고통스러운 만큼이나 황홀한 글쓰기의 순간을 먼저 놔버리면서 스스로 보조 작가의 자리로 빠지는 걸 수도 있다. 누군가에겐 이런 말이 작가의 과장된 자의식이나 반골적 예술병처럼 들릴 것도 같다. 하지만 AI에게 고유한 글쓰기의 권

한을 위탁한다면 애초에 글쓰기의 목적은 '글을 쓰는 것'이 아니라 '책을 출판하는 것' 혹은 '수익 극대화의 가능성 모색'이 될지도 모른다. 자기 이름 박힌 책을 내고 나서 그게 많이 팔리기만 하면 그만인가?

물론 작가들에게 출판과 밥벌이는 중요한 문제이지만 그게 다가 아니다. 그것만이 목적이면 이 힘든 걸 왜 굳이 하겠는가. "그러니까 힘을 덜 들이고 글 쓰면 이득이죠." 누군가는 이렇게 말할지도 모른다. 하지만 힘을 덜 들인 '완전하게 내 것이 아닌 글'을 써내는 것. 글이 나아져도 내가 쓴 것이 아니라면 거기에 무슨 의미가 있을까? AI가 쓴 엉성한 초안을 다듬는 나는 작가일까 아니면 에디터일까? 글쓰기의 고통과 희열은 동전의 양면 같은 것인데 그 두 경험이 점점 희석되거나 무용한 '꼰대적 가치'로 치부되면 그 뒤에 남게 되는 것은 무엇일까. 고통과 희열을 경험해보지 못했다면 더더욱 그것을 갈구할 일도 없다. 예술·창작 분야와 AI의 문제는 근본적인 가치와 의미의 문제를 시험대에 올리게 되어 괴로운 것이다.

이렇게 글쓰기가 '쉬워지면', 한때 짐짓 매력적으로 비추어졌던 작가라는 타이틀의 빛이 바래지는 것도 한순간이다. 또한 목적이 쉽게 이루어지면 화장실 들어갈 때와 나올 때가 다르듯이, 어쩌면 나를 도와준 AI를 궁극적으로는 미워하게 되지는 않을까. 아쉬울 때 돈을 빌려준 사람이 그 순간에는 너무나 감사하지만 빌리고 나서는 오히려 피하고 싶어지는 것처럼. AI로 글을 손쉽게 쓰려는 사람들이 많아지면서 고만고만하게 매끈한 텍스트가 넘쳐나면 읽는 사람의 수는 점점 줄어들 것이다. 저자는 책을 팔아 돈을 버는 것이 아니라, 어쩌면 책을 읽어준 독자에게 비용을 지불하게 될 수도 있겠다. 독자가 책에 대한 감상문도 AI로 쓴다면? 우리는 어느 날 '글쓰기'라는 행위에 모두 질릴 대로 질려, 급기야는 그저 같이 모닥불에 둘러앉아 이야기를 나누던 구전설화의 시대로 돌아갈지도 모른다.

* * *

며칠 후 혼자 앓던 마음을 선생님께 이메일을 보내 고백했다.

고백은 또 다른 고백을 불러왔다. 선생님은 답신으로 자신도 연구가 하나의 예술이 될 수 있다고 생각했고 연구 주제나 풀어나가는 일련의 과정이 연구자로부터 비롯되지 않는다면 과연 의미가 있을까를 고민해왔다고 말씀하셨다. AI의 출현으로 그저 그런 연구들이 기하급수적으로 생성되는 세상을 상상해보기도 하셨다고.

"어떤 형태의 글이 되든, 앞으로 글 쓰는 주체로서의 인간을 다시 한번 생각하게 됩니다."

예의 부드러운 미소가 눈앞에 아른거렸다. AI를 연구하는 학자도 인간적인 고민을 하는 것은 나와 다를 바 없었다.

What I Think About When I Write

3장

글쓰기의 경험

자유로운 영혼과 통제된 몸

글을 쓰는 사람은 어딘가 '자유로운 영혼' 같은 분위기를 풍기고 한량처럼 보여도, 꾸준히 글을 쓰는 사람 중에 실제로 게으른 사람은 없는 것 같다.

특히 직업적으로 글을 쓴다는 것은 삶에 주어진 조건으로서, 일상의 일부로서 글을 쓰는 것이다. 직장인이 아침 일찍 일어나 출근하듯이 작가는 내키지 않더라도 자신이 오늘 정한 만큼의 글을 쓴다. 오늘은 기분이 별로라거나 영감이 떠오르지 않는다고? 오늘은 회사 가기 싫은 기분이라고 해서 회사원이 출근을 안 하던가. 나의 경우 책 작업에 돌입하면 일주일에 5일씩 하루 서너 시간은 글을 쓰는데, 언제 어디에 갖다 놔도 뭐라도 일단 쓰고 본다. 당장은 허술해도 나중에 고치면 된다. 기다린다고 기분이 달라지거나 영감이 제 발로 걸어오는 일은 없다. 아니, 내키지 않을 때조차 쓰는 것이 작가다. 그래서 나는 가급적 원고에 대한 생각이 도중에 끊기지 않게 매일 쓰거나 매만진다. 글쓰기는 겉으로는 자유로워 보이지만 실은 그 어떤 일보다 자기 규율이 잡혀 있어야 지속 가능한 일이다.

글을 쓰는 일은 겉보기보다 참 힘이 든다. 2만 보를 걸어가며 여러 사람과 수차례 미팅을 한 날이 있었는데, 그보다 그다음 날 꼬박 세 시간을 앉아서 글을 쓰는 일이 체력적으로 훨씬 더 힘들었다. 체력이 약한 나는 책 원고를 쓰는 동안 병원에 입원해서 삼시 세끼 밥을 받아먹고 팔에는 24시간 영양제 수액이 들어간 상태로 글을 쓰는 달콤한 상상을 한다. 탈진의 우려 없이 누군가가 돌봐주는 가장 안전한 곳에서 쓰고 싶다. 그러나 현실은 가족 중 누군가가 작업방 문을 불쑥 열고 들어와 "오늘 저녁 뭐 먹어"라고 묻는 바람에 머릿속 신경이 쭈뼛하는 중이다. 가급적 오전에 일하고 이른 오후부터는 머리 쓰는 일을 하지 않는다. 중간에 식히는 시간을 두는 것은 늦은 오후부터 다시 시작되는 돌봄 노동과 맞부딪히지 않기 위함이다. 내 안의 괴물이 튀어나와 사랑하는 가족을 할퀴게 하고 싶지 않다. 실제로 몸 컨디션이 좋지 않지만 작업의 흐름이 끊기는 것을 원하지 않을 때나 오후에 귀가하는 아이를 초췌한 모습으로 맞이하고 싶지 않을 때는 그날 써야 할 글을 써내고 내과에 가서 빠르게 수액을 맞는다. 이렇게 병 주고 약 주는 내가 유난스럽지만 그렇게 하지 않으면 몸보다 마음이 더 힘들어진다. 몸을 가눌 수 없는 상태가 아니라면 어떻게든 글을 쓰고 싶다. 아직까지는 마음이 몸을 이긴다.

글을 꾸준히 쓰는 사람은 자기통제의 습관이 몸에 깊이 각인되어 있다. 그 경지까지 가려면 글 쓰는 일 자체를 '정말로' 좋아해야 한다. 시간적 여유는 있지만 글을 쓰기가 어렵다면 글 쓰는 일을 좋아하는지 스스로에게 물어볼 필요가 있다. 의외로 글쓰기 작업보다 결과물이나 성취 혹은 어떤 대외적 명분을 바라는 것일 수도 있다. 글을 쓰는 일은 초고를 쓰고, 자료 조사를 하고, 이어지는 여러 차례의 수정 작업을 거치는 일이자 같은 글을 몇 번이고 보고 또 보고, 고치고 매만지는 일이다. 글을 쓰려는 사람은 끝이 없어 보이고, 때로는 토 나올 것 같은 이 일련의 시간을 진짜로 좋아해야 하는데, 이 부분을 의외로 많이들 간과한다.

자기만족이나 개인적 기록을 위해 글을 쓸 때는 이렇게까지 애쓸 필요가 없다. 하지만 다른 사람들에게 읽히고 싶고 책으로 묶어내고 싶다면 상황은 완전히 달라진다. 물론 모든 글은 본질적으로 자기만족을 위해 쓰는 측면이 있고, 우선은 스스로 글에 만족해야겠지만, 저 밖의 많은 사람들에게 읽히고자 한다면 불가피하게 자기 규율과 통제의 책임이 부과된다. 겉보기엔 이토록 티 나지 않는 일도 드물어서, 사정을 잘 모르는 사람들은 그저 겉으로 보이는 자유로움을 부러워하겠지만.

What I Think About When I Write

편애하는 문체

나는 사람의 성격도, 노래하는 목소리도 건조한 것을 사랑한다. 건조하고 서늘한데 그 수면 아래로는 시큰시큰한 열감이 스민 느낌. 대수롭지 않게, 무심하게, 그러나 혼자 조용히 많은 것을 겪은 사람만이 가지는 의연함이 있다.

글에서도 감정을 절제한, 건조하고 담백한 문체를 좋아한다. 건조한 문체는 필연적으로 간결하다. 심플하고 산뜻하고 군더더기 없다. 화려하고 웅장하고 장식적인 미문을 선호하는 이들도 있지만, 미문을 쓰겠다고 벼를 때는 뭐랄까 사람들이 감탄했으면 좋겠다는 불순한 마음이 끼어드는 것 같다. 간결한 문체는 자의식이 없고, 무엇을 지키고 무엇을 버려야 하는지를 안다. 그것은 불완전한 취약성을 있는 그대로 받아들이고 복잡한 감정들을 견디는 사람의 문체이다.

나는 슬픔과 아름다움이 어우러진 이야기를 가장 사랑하는데, 특히 절제되고 건조한 문체로 쓰여 있을 때 지극히 편애한다. 작가 줌파 라히리와 마르그리트 뒤라스의 소설 속 등장인물들은 감정을 상대에게 터트리는 대신 속으로 삭이는 속 깊음이 있다. 쉽게 드러내지도, 그렇다고 타협하지도 않는 차분한 억제가 역으로 읽는 이의 심장을 더 저릿저릿하게 만들고, 아무렇지도 않다는 듯 써 내려간 잔잔한 문체가 감정을 더 격렬하게 흔든다. 그렇게 슬픔과 아름다움이 만나는 지점에는 먹먹한 감정의 결들이 넘실거린다. 슬픔이 끝내 아름다움으로 남아 오래오래 간직될 수 있음을, 인생은 상실로 가득하지만 끝내 의미가 있음을, 그들의 시리도록 투명한 문장을 통해 배웠다.

이러한 문체가 복수의 문화권을 배경으로 성장한 두 작가에게 도드라지게 나타나는 것은 우연일까. 줌파 라히리는 《축복받은 집》《저지대》《내가 있는 곳》 등으로 알려진, 인도계 미국인 여성 작가로 격변하는 환경 속에서 주어진 운명을 거스르며 스스로의 인생을 결정하고 변화를 일으키는 개개인의 이야기를 들려준다. 초기 소설은 인도와 미국을 주 배경으로 전통을 지키려는 이민 1세대 부모와 미국 현지 문화에 적응한 이민 2세대 자녀들의 세대 갈등을 자주 다뤘는데 그녀 역시도 '진짜 인도인'도 '진짜 미국인'도 아닌 경계인의 입장을 수용한다. 나중에는 더 나아가 로마에 거주하면서 이

탈리아어로 소설과 산문을 줄이어 발표하며 경계인의 고유한 색에 덧칠을 해나간다.

경계에 서본 경험이 있는 이들은 주변에서 벌어지는 일들을 예민하게 성찰한다. 다행히 외부자로서의 고통이 그를 냉소적이고 가혹한 사람으로 만들지 않았다. 도리어 타인의 마음을 더 민감하게 느끼고 그 안의 복잡성과 모순을 이해하려 애쓴다. 나는 이러한 경계인의 태도가 작가 줌파 라히리 특유의 차분하고 속 깊은 문체를 빚어냈다고 생각한다. 충분히 서늘하지만 차가운 것까지는 아니고, 성찰은 지적이고 표현은 담백하다. 담담한 문체로 써 내려간 등장인물들의 흔들리는 마음을 읽노라면 인간이라는 불완전한 종에 대한 작가의 연민이 읽힌다. 스스로 어필하지 않지만, 성장기에 여러 감정들을 고독하게 겪고 자기 힘으로 어떻게든 관통해왔음을 알 것만 같았다.

그리고 마르그리트 뒤라스. 아니 에르노와 더불어 많은 한국 독자를 거느리고 있는 또 다른 프랑스 작가다. 한데 이

둘만 보아도 얼마나 문체가 다른가? 아니 에르노는 뜨겁고 습하고, 마르그리트 뒤라스는 서늘하고 건조하다. 화가로 치면 아니 에르노는 끝까지 정념을 지켜내는 프리다 칼로, 마르그리트 뒤라스는 스스로 퇴로를 끊어버리는 차가운 열정의 조지아 오키프를 연상시킨다.

마르그리트 뒤라스 역시 성장기를 당시 프랑스의 식민지였던 베트남에서 보냈다. 식민주의의 기득권자인 부유한 제1세계 백인으로서 베트남에 거주했더라면 그는 아마도 작가가 되지 못했을 것이다. 아버지의 일 때문에 잠시 몇 년 체류하는 프랑스 학교의 다른 유복한 소녀들과는 달리 베트남에서 계속 생계를 꾸려가야 하는 '가난하고 억압받는' 프랑스인 소녀였기 때문에 특수한 경험들을 하고 사유하는 습관이 생긴 것 아닐까. 대표작 《연인》은 자전적 소설로, 사이공에 살던 가난한 10대 시절 한참 연상인 부자 중국인 남자와의 사랑을 담아낸 작품이다. 인종도 다르고, 사회경제적 배경도 달라 처음부터 이루어질 수 없는 사랑이라는 것이 빤한데도 각자의 명징한 결핍을 가진 두 사람은 서로를 향한 광적인 욕망과 공허한 사랑에 불타오른다. 그러나 《연인》에서 달뜬 열감은 찾아볼 수 없다. 여자 주인공 1인칭 시점 소설임에도 불구하고, 오히려 자신의 모든 것을 제3자의 시선으로 세밀하게 해부하듯 관찰하며 서술하고 억눌러왔던 감정을 마침내 해방시키는 마지막까지도 의연함을 지킨다.

한 작가를 진심으로 좋아하게 되는 일은 그의 문체를 사랑하는 일이다.

고유한 문체를 가진 작가들의 호흡, 기질, 정신, 습도, 속도 같은 것들이 인장처럼 촘촘히 박혀 있는 페이지들을 넘길 때, 거기에는 무척 특별하고 매력적인 사람과 인생이라는 여정을 함께하는 기쁨이 있다. 작품에 스며든 작가의 세계관과 가치관은 내 마음과 생각을 대변해주는 것만 같다. 그의 모든 작품 중 몇 가지가 마음에 들지 않아도 과묵하게 향후 작업들을 응원하고 오래오래 좋아하기로 한다. 모든 저자들이 고유한 문체를 가진 것은 아니다. 고유한 문체를 지니기 위해서는 자기만의 고유한 방식으로 삶을 살아가야 한다. 문체는 작가 자신이다.

원고 수정은 어렵다

글을 '쓴다'는 것은 사실 글을 '고쳐 쓴다'를 의미한다. 처음 쓴 그대로 두는 글은 일기나 소셜미디어 정도에 해당할 뿐, 으레 글을 쓴다는 것은 글을 수정하는 것, 다시 말해 무엇을 남기고 무엇을 지울까를, 무엇을 더 확장해서 쓸까를 결정하는 일이다. 한 번에 완벽하게 써지는 글은 존재하지 않으며 고쳐 쓰기 없는 진지한 글은 없다.

수정은 정말 하기 싫고 하면 할수록 괴롭지만 수정한 문장은 거의 대부분 수정하기 전보다 낫다. 어떤 작가는 수정하기 전 버전의 문장이 나을 때도 있다고 말하지만 그것도 수정해본 다음에야 비로소 알게 된 것이니 엄밀한 의미로는 그 또한 능동적인 수정의 결과이다. 우선 기승전결, 논리와 흐름이 적당한지 확인한다. '있어야 할 것이 제자리에 다 있는지'를 확인하는 작업이다. 글의 순서를 바꾸거나 필요한 내용을 보완한다. 첫 문장부터 한 문장씩 꼼꼼하게 수정을 해나간다. 마음에 들지 않는, 거슬리는 부분을 쳐내는 일을 주저하지 않는다. 단어 또는 표현을 바꿔보기도 한다. 형용사는 필요한 것만 넣고 진부한 표현은 자제한다. 불필요한 접속사나

주어는 생략한다. 한 문장이 불필요하게 길고 처지면 단문으로 끊어준다. 삭제하고 싶은 욕구만큼, 다행히 새 글을 보태고 싶은 욕구도 생긴다. 내용이나 세부 묘사를 보탤 때도 분량을 부풀리기 위해서가 아닌, 반드시 필요한 문장들을 더한다.

기계적인 수정은 맞춤법, 띄어쓰기 등을 점검하는 교정 같은 것이고, 핵심은 내용의 수정 보완이다. 죽어 있는 납작한 글은 아무리 미사여구를 써도 와닿지 않고 읽히지 않고 겉돈다. 반면 살아 있는 입체적인 글은 몇 번을 반복해서 읽어도 재미있다.

수정을 좀 더 편하게 하는 방법은 없다. 수정이 어려운 것은 내가 쓴 것을 스스로 부정해야 하기 때문이다. 수정은 나의 부족함을 정면으로 보는 일이다. 거기에는 반드시 내가 더 나아질 거라는 믿음과 그에 따른 노력이 이어져야 한다.

책 원고의 경우 최소 서너 차례의 전면적인 수정이 요구된다. 수정이 거듭될수록 원고의 완성도는 확연히 나아진다.

여기엔 '원고를 보지 않는 시간'도 포함되는데, 수정과 수정 사이에 짧게는 일주일, 길게는 한 달쯤 원고를 '식힌다'. 오래 식힐수록 고칠 부분이 더 잘 보인다. 다음 수정에 들어가기 전에는 목에 커다란 가시가 낀 느낌이다. 원고를 다시 보았을 때 마음에 들지 않을까 봐 지레 겁먹는 것이다. 대부분 종이로 출력해서 빨강과 파랑 펜으로 수정한다. 종이로 보면 화면에서 볼 때보다 고쳐야 할 부분이 훨씬 명료하게 보인다. 종이책을 읽어온 습관 때문일지도 모른다.

원고 수정에서 나의 고질적인 문제는 조급한 성격에 따른 '해치워버리니즘'이다. 내가 자조적으로 지어 쓰는 단어인데, 수정 후반부에서 늘 안절부절못하며 빨리 해치워버리고 싶은 충동이 발동한다. 이 충동은 급한 기질과 불안증, 여러 일을 동시에 해내야만 하는 사람의 효율성 추구 습관 등이 누적돼서 고착된 오랜 습관이다. 누가 재촉하는 것도 아니고 천천히 해도 결과적으로 들이는 시간은 크게 다르지 않을 터인데, 그저 서둘러 매듭지어 순간의 개운함이라는 저렴한 스릴 cheap thrill에 기대는 것이다. 이 강박에 체력이 휘둘리는 자신을 내가 너무 한심해하니 작곡가인 지인이 "몇 달 고생해서 맞춘 퍼즐이 다 만들어져가는데 흥분될 법하죠. 저도 그래요"라고 말해주어서 조금은 위로가 되기도 했지만.

'해치워버리니즘'의 악습관이 완화된 것은 그 메커니즘을 파악하고 나서부터였다. 체력이 얼마 남지 않을 때일수록 '빨리 수정을 해치워버리고' 싶어 하는 충동이 강렬하게 솟구친다는 것을 스스로 파악한 것이다. 마저 끝내야 한다는 긴박함에 조금 남은 체력을 쥐어짜내 초인적 힘을 발휘한다고 해도 원고의 퀄리티가 나아지지 않는다는 것을 깨달았다. 컨디션이 좋지 않은 상태에서 수정을 하니 당연한 결과였고 설상가상 에너지를 미리 다 끌어다 쓴 몸은 대가를 치르며 바닥을 쳤다. 이 바람직하지 않은 사이클의 메커니즘을 깨닫고는 해치워버리니즘이 용솟음치기 전에, 가급적 몸 컨디션이 좋을 때만 수정 작업을 하는 새 습관을 들이는 중이다.

수정은 글 쓰는 사람에게 있어서 '수련'이고 이 업이 자못 수도승의 삶과 비슷하다는 것을 깨우치게 해준다. 모든 원고는 어떤 형식으로라도 각각에 필요한 양만큼의 수정을 거쳐야만 세상의 빛을 본다. 그 유난하고 지난한 과정을 곁에서 말없이 지켜봐주는 가장 지혜로운 파트너는 자연이다. 나의 과부화된 뇌와 쫓기는 마음은 숲을 산책하는 동안 자연의 순리에 따라 겨우 본연의 속도와 호흡을 되찾는다. 그렇다 하더라도 수정을 거치는 동안 심신이 지칠 대로 지치고 부대껴 종종 소셜미디어에 혼잣말 같은 하소연을 한다. 그런 글을 써놓고 나면 당장은 속 시원하지만 이내 부끄럽다. 나 따위가 뭐라고, 내가 뭐 그리 대단한 걸 쓴다고 유난인가 싶고. 그러나 내적으로 유난을 떨어야 책 한 권이 완성되는 것도 얼마간은 진실이다.

아이를 키우면서 글을 쓰는 일

아이가 없는 작가들이 부러울 때가 있었다. 내키는 대로 이사도 하고, 자유롭게 여행을 다니며 현지에서 원하는 기간만큼 머물 수 있으며, 작가 레지던시 프로그램에 신청해서 다른 신경은 일절 쓰지 않고 글을 쓸 수 있다니. 나는 그 가능성과 자유, 가용 시간이 부러웠다.

딸아이가 유치원이나 학교에 가 있는 동안, 나는 시간을 쪼개 글을 썼다. 작업에 들어가기 전 '워밍업' 같은 뜸을 들일 여유는 꿈도 꾸지 못했다. 아이를 보내놓고 몸을 휙 돌려 바로 일의 본론으로 돌입해야 겨우 하루 작업량을 맞출 수 있었다. 작업 시간을 조금이라도 더 확보하기 위해 가사 노동은 모두 저녁으로 미루었다. 점심 약속도 시간이 아까워서 웬만해선 잡지 않았다. 아이가 옆에 없는, 혼자 있는 시간은 어떻게든 글쓰기에 투입했다. 내내 집중해서 일했던 터라 아이가 귀가하는 시간엔 이미 한차례 파김치가 되어 있었다. 고단해서 뻗어 있다가도 아이가 하교하면 쌩쌩한 목소리로 반겨주며 아이 앞에선 힘든 티가 나지 않도록 조심했다. 사랑의 초능력을 이따금 발휘하기도 했다. 하필 일을 많이 해서 너무 너무 피곤했던 날, 아이가 유치원 하원 길에 계단에서 넘어지며 이가 부러져 피가 철철 났다. 당장 쓰러질 것 같던 나는 사색이 되어 쌀 두 말 무게의 우는 아이를 둘러업고 병원 두 곳을 뛰어다녔다.

아이를 키우는 여성 작가들이 왜 한동안 책을 뜸하게 냈는지도 이해하게 되었다. 아이가 있다는 것은, 글 쓰는 일에 있어서 분명히 득보다 실이 크다. 오죽하면 작가 클레어 데더러는 에세이 《괴물들: 숭배와 혐오, 우리 모두의 딜레마》에서 "예술을 창작하는 것과 부모가 된다는 것은 서로에게 매우 효율적인 방해 요인으로 작용하며, 그렇지 않다고 말하는 사람은 자기를 속이고 있거나 자녀가 없거나, 남자다"라고 일갈했을까.

아이가 있으면 혼자만의 시간을 가지기 어렵고 집중력도 떨어진다. 특히 호흡이 긴 장편소설을 쓰는 동안에는 그야말로 영혼이 반쯤은 나간 상태에서 아이를 돌본다고 해도 과언이 아니다. 예술은 원래도 제대로 된 직업이 아닌 자아 찾기

형 활동으로 비춰지는데 특히 여성의 일일 때는 더욱 진지하게 받아들여지지 않거나 얼마든지 줄이거나 안 해도 되는 일로 치부된다. 대신 가족 돌보는 일을 우선시해주기를 암묵적으로 기대하거나 노골적으로 요구받는다. 아프리카에 살던 작가 도리스 레싱이 제대로 글을 쓰기 위해 막내 아이만 데리고 런던으로 떠난 일화는 논쟁을 불러일으키지만, 예나 지금이나 가족을 가진 여성 작가가 글을 쓰기 위해 무엇인가를 포기하거나 자신의 일부를 버려야 하는 건 엇비슷한 것 같다.

아이가 청소년이 된 이후로는 작업 시간을 확보하기가 좀 나아졌지만, 그래도 해야 할 기본적인 책무는 여전히 남아 있다. 종일 작업을 하다가 머릿속이 아직 원고에서 빠져나오지 못한 날은 식탁에 가족들 저녁을 차린 다음 혼자 뷔페처럼 큰 접시에 밥과 반찬을 덜어 거실로 간다. 몸에 힘이 없고 머리는 뜨거워 가족들과 얼굴 맞대고 대화를 나눌 힘이 없어서다. "난 소파에서 좀 먹을게" 하면 이젠 다들 알아듣고 나를 가만히 내버려둔다. 쿠션을 등에 받치고 소파 위에 다리를 뻗고 앉아 정적 속에서 창밖을 바라보며 천천히 무표정

145

하게 밥을 먹는다. 종종 지역 도시로 강연을 하러 간다. 거리 때문에 만나기 힘든 독자들을 보러 가는 이유가 크지만 집에서 가출하고 싶기 때문이기도 하다. 가족으로부터 거리를 두고 혼자 있고 싶다. 저녁 메뉴를 고민하고 싶지 않다. 중간에 방해받는 것 없이 책 원고만을 생각하고 싶다.

아이를 키우면서 글을 쓰는 일이란 정녕 어떤 것일까. 각설하고, 작가 레이먼드 카버Raymond Carver의 산문집《내가 필요하면 전화해Call If You Need Me》에 나왔던 육아에 대한 이 문장이 가장 솔직하고 현실적일 것이다.

"오직 부모만이 느낄 수 있는 성숙한 기쁨과 만족감이 있었다. 하지만 그 시절로 돌아가느니 차라리 독약을 먹겠다."

✳ ✳ ✳

그러나 아이의 존재로 인해 비로소 경험하게 되는 특별한 감정들은 분명히 존재하고, 그것은 영감의 원천이기도 하다. 자식을 향한 사랑의 기쁨과 슬픔, 아이의 성장을 통해 나의 어린 시절을 되짚어보고 스스로의 결핍에 대해 알게 되는 일, 아이의 모습에서 가장 정직한 나의 원형을 발견하는 놀라움, 한 존재를 책임져야 한다는 뻐근하고 뭉클한 감각. '자식이 있어야 철이 든다'라는 말에 100퍼센트 동의하긴 어렵지만 아이가 다채로운 파장의 감정을 느끼게 해주는 것은 맞다. 아이의 순수함이 주는 감동은 결코 대체 불가능하다.

딸아이가 등교할 때 같이 손잡고 초등학교까지 걸어가던 15분. 쨍한 아침 햇살과 신선한 공기와 가벼운 발걸음, 재잘재잘 스몰토크, 헤어질 때면 그토록 애틋했던 얼굴 표정과 사랑의 인사들. 수업이 끝날 때 마중 나가면 멀리서도 나를 발견하고 어떻게 저토록 행복한 표정을 지을 수 있었는지. 튀르키예의 소설가 오르한 파묵Orhan Pamuk도 산문집《다른 색들Öteki Renkler》에서 똑같이 말한다. 아침에 일어나 초등학생 딸아이를 학교에 데려다줄 때가 하루 중 가장 행복하다고. 부모 마음은 거기서 거기구나 싶어서 웃음이 나왔다. 아이들은 참 별것도 아닌 일에 쉽게 행복해지는 재능을 타고나는데, 그게 또 전염성이 강하다. "엄마, 오늘 학교에서 좋은 일이 있었어." 방과 후에 딸아이는 초롱초롱한 눈빛으로 내게 말한다. 들어보니 '좋은 일'이라는 게 고작 선생님한테 상으로 막대사탕을 하나 받았다거나 친구와 지우개를 바꿔 쓰기로 했다거나 하는 것들이라, 듣는데 눈물이 핑 돌았다. 소박한 일에 한없이 기쁨을 느낄 줄 아는 마음은 어디로 다 흘러가버렸을까?

얼마 전에도 아이가 엄마의 글쓰기 인생에 의도치 않게 영향을 미쳤다. 작년 늦가을, 나는 거친 생각을 끌어안고 끙끙대고 있었다. 글을 쓰는 일이 문득 부질없고 누추하게 느껴졌다. 그러나 당시 그보다 더 크게 자리한 감정은 막연한 두려움이었다. 이젠 고등학생이 되어 알 건 다 아는 아이가 명색이 작가라는 자기 엄마를 어떻게 생각할까 지레 위축되어 있었다. 등하굣길 아이의 시선이 머무는 곳곳이 노벨문학상 수상 축하 플래카드로 도배되어 있던 시절이었다.

그러던 어느 날, 아이를 데리고 오후 늦게 병원에 다녀올

일이 있었다. 택시에서 내려 집까지 팔짱을 끼고 나란히 걷는
데 이젠 키가 나보다 훤칠한 아이가 불쑥 입을 열었다.

"엄마, 내 친구 중에 엄마 책 읽는다는 애 있잖아."
"응, E여고 간 친구 말이지?"

중학교 졸업식 때 딸아이 친구들 중 가장 눈에 띄는 아이
였다. 반짝반짝 총기가 가득해서.

"걔가 엄마 이번 책 사서 세 번이나 읽었대."

엄마 책을 읽어본 적도 없고, 평소 엄마가 하는 일에 도통 관
심도 없는 아이가 너무도 아무렇지 않게 툭 하고 말하는데……
딸아이는 그 순간 자신이 엄마를 구원했다는 것을 알까?

아이의 병원 검사 결과도 다행히 이상 없었고, 내 마음속
옹색한 납덩이도 어느새 사라져버렸다. 보름달이 유난히 밝
던 그날 밤, 나는 다시 글 쓰는 사람으로 돌아올 수 있었다.

작업용 카페의 조건

집에서 작업하는 창작자들을 존경한다. 나는 집에 작은 작업방을 두고도 카페에서 작업하길 좋아하기 때문이다. 멀쩡한 장소를 놔두고 굳이 밖으로 나가 두어 시간 작업하다 오는 게 허세를 부리거나 길에 돈을 뿌리는 것 같아 미량의 죄책감을 느껴왔는데, 한 인터뷰에서 '영감을 어떻게 얻느냐'는 질문에 봉준호 감독이 뭘 그런 걸 물어보느냐는 듯한 표정으로 "구석진 카페 가서 글 써요"라고 대답하는 것을 보고 조금 안도했다.

카페의 적당한 소음에 오히려 집중이 잘된다는 이야기도 있지만, 나는 '기분 토닝'이 되어서 좋다. 쉽게 말해 글을 쓰기에 적절한 기분이 되는 것인데, 그것은 차분하고 정돈된 마음, 처지지 않으면서 신경이 조금 예민한 상태를 말한다. 특히 초고를 쓰거나 수정하는 단계에서 '작업하기 적당한' 카페를 많이 찾아다닌다.

생각해보면 예전에 8년 가까이 주 2~3일을 버스와 지하철을 갈아타고 편도 45분 거리의 카페를 어떻게 다녔나 싶다. 합정동 카페 '커피발전소'가 문을 닫고 카페 낭인이 된 지금은 확실히 알 수 있다. 그곳은 글을 쓰는 카페로서 모든 조건을 갖추고 있었다. 작업용 카페에서 가장 중요한 게 무엇일까. 네모난 책상, 책상과 의자의 높이 비율, 맛있는 커피, 들뜨지 않은 분위기, 취향 좋은 음악, 테이블과 테이블 사이의 거리? 물론 이런 것들도 중요하지만 내가 보기에 작업용 카페에서 가장 중요한 요소는 누가 뭐라 해도 그곳의 '사장님'이다. 어떤 업이든 주인의 마인드가 중요하겠지만 특히 공간을 빌려주는 카페의 경우 사장님이 어떤 사람인지가 알파와 오메가를 결정한다.

'손님에게 노트북 작업을 허하라.'
카페 사장님의 기본 마인드가 이렇다면 많은 것들이 절로 해결된다. 요즘에는 노트북이나 아이패드 사용을 금지하는 경우가 많지만 예전에는 좀 더 너그러웠던 감이 있다. 커피발전소는 자기 일을 꿋꿋이 열심히 하려고 애쓰는 사람들을 말없이 응원하고 지켜봐주며 조용한 소속감을 주었던 것 같다. 분명 나만 그렇게 느낀 것은 아닐 것이다. 커피발전소에서 바리스타로 일했던 정은 작가는 산문집 《커피와 담배》에서 이렇게 증언한다.

"일주일에 이틀만 일할 카페 직원을 구한다는 얘기에 면접을 보러 갔는데 정말 이상한 면접이었다. 카페 사장님은 아무것도 묻지 않았다. 어떤 학교를 다녔고 어떤 삶을 살았는지, 어디에 사는지. 심지어 이름도 안 물어봤다. 그저 글을 쓰냐고 묻고는 커피는 그냥 줄 테니, 쉬는 날은 와서 글을 쓰라고 했다."

커피발전소의 사장님이 애서가이다 보니 이런저런 작가나 편집자 등 글과 관련된 일을 하는 사람들이 이곳을 자주 찾았다. 나처럼 작정하고 일을 하러 오는 사람 외에 그야말로 커피를 마시러 오는 손님, 그저 호젓이 사장님의 손때가 묻은 양서를 읽으러 오는 손님도 있었다. 각자의 목적이 따로 있었겠지만 접근성이 좋지 않은 위치(이곳은 부담 없이 지나다 들르기보다는 '작정하고 찾아가는 곳'이다)에 딱딱한 목재 의자와 좁은 공간, 여기저기서 나풀거리는 먼지 등을 감수하고도 그곳을 찾는 데에는 뭔가 비슷한 이유가 있지 않았을까. 커피발전소 사장님은 손님에게 먼저 말을 걸거나 미소 지어주는 일이 없었고, 손님들은 그런 무뚝뚝한 사장님을 어려워하면서도 조금 재밌어했다. 사장님과 손님 사이의 어색한 데면데면함은 한 공간에 머무는 모든 이들에게 묘한 평화와 자유를 안겨주었다. 그곳은 '받아들여지는' 동시에 '혼자일 수 있는' 공간이었다.

점심 식사 후에 몰려와 커피를 테이크아웃해 가는 인근의 직장인 단체 손님들을 제외하면 대개는 혼자 찾아오는 단골손님들이었다. 그들은 주로 무언가를 만들어내는 직업에 종사하고 있는데, 각자의 작업에 집중하는 팽팽한 공기가, 틈만 생기면 구석의 1인 소파에서 KBS 클래식 FM을 배경으로 두꺼운 벽돌책을 꺼내 읽는 주인장의 무심한 태도와 만나 커피발전소만의 고유한 분위기를 자아냈다. 트렌디한 카페들이 수시로 뒤바뀌는 거친 합정동 카페 생태계에서 12년간 한자리를 지켜온 것은, 그 고유한 한결같음 때문일 것이다.

이렇게 묘사하면 돈벌이에 초연한, 의식 있고 고상한 그런 곳처럼 느껴질 수도 있으나 중고센터에서 공수해 온 나무 의자들이 하도 불편해서 엉덩이가 배긴다고, 방석 좀 깔아달라고 여러 번 구시렁대도 끝끝내 사장님은 내가 자주 앉는 한 자리에만 방석을 깔아주셨다. 커피값을 현금으로 계산할 때 그의 표정은 더 밝아졌고, 자기 마음에 들지 않는 유형의 손님이 들어오면 일부러 스피커 음악 소리를 최대한으로 크게 틀어 질려버리게 만들었고, '요새 손님 좀 많으냐'고 안부 인사를 건네면 '늘 없죠'라고 뭘 하나 마나 한 소리를 하냐는 투로 대답했다. 그러나 내가 가면 30분도 안 돼서 카페 안은 꽉 차버리더라. 이런 사실들도 그곳에서 10여 권의 책을 작업한 오랜 단골이니 알게 된 거지만.

인쇄소에서 책 제작이 끝나면 가장 먼저 작가에게 증정본 한 박스가 배달되는데, 나는 갓 나온 따끈따끈한 책을 맨 먼저 커피발전소 사장님께 가져다드렸다. '수고했다' '책이 멋지다' 한마디도 없이 그는 고개를 한 번 끄덕이는 게 다였다. 그러나 하루 만에 다 읽고 오타가 있는지 꼼꼼히 체크해서 다음 날 내게 불쑥 다시 책을 들이밀었다. 나의 담당 편집자들은 이 사실을 다 알고 있어서 정례 행사처럼 조마조마한 마음으로 사장님의 피드백을 기다리곤 했었지.

What I Think About When I Write

첫 장편소설의 기억

에세이 《나라는 여자》를 내고 석 달 후, 바람이 불기 시작한 2013년의 가을 무렵 '자, 이번에는 장편소설을 써보겠다'며 늘 그래왔듯 대책 없이 말부터 뱉어놓고 수습하기 시작했다. 딸아이를 아침 8시 반까지 초등학교에 데려다주고 그 길로 곧장 글을 쓰러 노트북을 들고 카페로 나갔다. 하루는 참 덧없이 훌쩍 지나가버렸다. 오후 4시엔 자리에서 일어나 돌봄교실에서 엄마의 귀가를 기다리는 아이를 데리러 가야만 했다. 체력 유지를 위해 하루걸러 운동도 꾸준히 했지만 오후에 아이를 데리러 갈 때면 등 뒤의 노트북 가방이 아침과는 달리 납덩이처럼 무거웠다. 다리는 뻣뻣했고 머리통에는 열이 올라와 있었다.

첫 장편소설 《기억해줘》의 작가의 말에도 썼지만 2013년 가을부터 2014년 여름까지 이 소설을 썼던 시간들에 대해서는 선택적 기억상실증처럼 꼬박꼬박 어디론가 출근해서 하루치 글을 쓴 것 외에는 기억나는 것이 별로 없다. 가끔은 '내가 언제 이런 걸 썼지?'라며 불가사의한 기분이 들 정도다. 쓰기 전에 염두에 두었던 줄거리는 막상 글을 쓰기 시작하자

전혀 다른 줄거리가 되어갔다. 도중에 수없이 캐릭터와 스토리 전개도 바뀌었다. 구체적으로 무엇이 변했는지 지금은 구분도 되지 않는다. 막상 여행을 떠나보면 원래의 계획대로 풀리지 않듯이, 장편소설을 쓰는 일도 자욱한 안갯속을 헤매면서 헤쳐나가는 일이었다.

소설 쓰기, 특히나 장편소설에서 가장 중요한 것은 그것을 어떤 형태로든 '완성'시키는 일이었다. 밀도가 충분치 않더라도 처음부터 끝까지 일단 써내는 것이 중요했다. 나는 장편소설이라는 마라톤코스를 완주하지 못할지도 모른다는 두려움에 초고를 빨리 끝내고 싶어서 안달이 나 있었다. 구상부터 치밀하게 해보자거나 느긋하게 꾹꾹 연필심 눌러가며 심사숙고 끝에 한 줄 한 줄 써보자고 마음먹어도 막상 발동이 걸리면 어떻게든 A4 100장이라는 책의 기본 분량을 채우기 위해 스스로를 닦달했다. 어떤 형태로든 책이 나올 거라는 확실한 감촉을 가능한 한 빨리 느껴야 불안에서 벗어날 수 있었다. 처음 빈 백지를 글자로 채워나가는 건 흥분되는 일이었다. 감정이 흐르는 대로, 생각이 나는 대로 충동을 제어하지 않고 자유롭게 두는 일은 무척 기분이 좋았다. 하나 쾌감은 잠시, 이내 끈끈한 지옥이 기다리고 있었다. 다음은 헐렁하게 채워놓은 내용을 확 조여줄 차례. 첫 A4 100장을 종이로 출력한 후 수정을 해야만 했다. 컴퓨터 화면으로 보는 원고와 종이로 출력해서 보는 원고가 어쩌면 그토록 다르던지.

'내가 대체 무슨 생각으로 이런 글을 썼지? 미쳤나?'

전날 밤 쓴 연애편지를 다시 읽는 낯 뜨거움을 참으며 글을 수정해나갔다. 앞뒤 논리 전개가 맞지 않았고, 등장인물들은 서로를 앞에 두고 너무나 과묵하거나 지루했고, 사랑을 표현하는 장면은 저 혼자 경박하게 신이 나 있었다. 첫 수정의 운명은 대개가 '전면적 수정'인데, 곰국 끓일 때 처음 우러나는 핏물처럼 그 질척한 첫 국물은 아낌없이 다 버려야만 했다. 불순물을 없애고 새로 다시 끓여내는 것이다. 종이 위에 하는 초고 수정, 바로 그 시점이 향후 책의 운명을 가늠한다고 해도 과언이 아닐 것이다. 초고를 수정하면서 나는 자주 깊은 자학에 빠졌다. 어쩌다 가끔 나를 정신적으로 구제

해줄 마음에 드는 몇 줄을 발견하면 그나마 다행이었다. 처음 마주하는 장벽은 한없이 높아 보였지만 어떻게든 내 힘으로 끝까지 가야만 했다. 그리고 마침내 어찌어찌해서 장편소설 원고를 완성해서 출판사에 보냈다.

'부적합' 판정을 받을 거라고 예상은 했다. 출판사와 중간 조율을 하는 마음으로 보냈지만 역시 여러 편집자들의 가차 없는 비판을 전해 들었을 때는 아리고 속상했다. 또 한번의 전면적 수정을 거쳐 2고를 썼고, 그 후 3고와 4고를 썼다. 3고를 보내고 나서였던가. 이번에는 그래도 대략 통과되겠지 싶었는데, 아이 방을 청소하던 중에 평소 울리지도 않는 휴대폰 벨 소리가 울렸고, 나는 직감적으로 '아, 이번 원고도 미흡했구나'라고 알아차렸다. 좋은 소식이 아니라면 직접 전화를 걸어 육성으로 전달하는 것이 정중한 방식이라고 생각하는 업계의 관행 때문이었다.

직감은 맞았다. 담당 편집자는 신중하고 무거운 어투로 소설 원고에 대해 조심스럽게 말했다. 잡고 있던 청소 밀대를 바닥에 내려놓고 맥없이 전화기를 든 채 아이 침대에 몸을 웅크리고 누웠다. 통화 중에 상대방이 부담스러울 만큼 한숨을 얼마나 많이 내쉬었는지 모른다. 머릿속이 캄캄했다. 떼쓰는 아이처럼 짜증 섞어 하소연을 늘어놓기도 했다. 편집자는 그저 자기 일에 최선을 다하고 있을 뿐이고 문제는 그 누구도 아닌 내가 원고를 잘 쓰지 못해서 그런 것뿐인데.

수정을 거듭할 때마다 나는 굳이 돈을 써가며 킨코스에서 종이책 모양으로 제본을 해 읽어보곤 했다. 그렇게라도 단계별로 형식적인 매듭을 짓지 않으면, 혹은 손으로 매만질 수 있는 형태로 남겨놓지 않으면, 부족하나마 당시 내 수준에서 할 수 있었던 최선이 묵살당하는 것 같아 견딜 수가 없었다. 글이라는 건 컴퓨터로 삭제하면 흔적도 없이 허공으로 사라지고 마는데 서툴게 애썼던 과정의 증거라도 남겨놓아야 다음 수정을 하기 위한 힘이 났다. 네 권의 제본 원고들은 결국 서재 책장 맨 위 칸 구석에 끼워두고 한동안 쳐다보지도 않았지만.

장편소설은 아무리 단순한 이야기라도 쓰는 동안 몇 번이나 거대한 장벽이 가로막는가 하면, 암호를 푸는 것처럼 머리를 쥐어짜야 할 때가 있었다. 며칠을 생각해도 돌파구를 못 찾고 밤새 악몽으로 끙끙 앓다가, 아침에 일어나보면 어느새 문제가 스르륵 절로 풀려버리는 신기한 경험도 했다. 그런 날은 정말이지 온종일 행복한 희망으로 가득 찼다.

그런 일들을 수없이 거듭 경험하고 다행히 완결의 시간이 찾아왔다. 힘겹게 마지막 수정을 하는 동안에는 마감하면 하고 싶은 것들, 해야 할 것들이 참 많이도 생각났다. 심적·시간적 여유가 없어서 보지 못했던 영화나 전시, 쌓아놓고 읽지 못한 책들, 못 만났던 친구들. 가까운 곳으로의 여행, 혹은 아무 생각 없이 마냥 쉬고 싶다고 갈망했다. 그러나 막상 마지막 원고를 출판사에 넘기고 나자 그전까지 강하게 느꼈던 욕구들이 묘하게 시들해졌다. 글을 쓰는 일 외의 모든 시간들이 갑자기 시시하게 느껴졌다. 원고를 매만지던 열기와 흥분이 채 가시지 않아서 그랬을까. 소설 원고를 붙들고 있을 때는 그토록 힘들고 외로웠으면서 막상 끝이 나니 이번에는 소설을 한창 쓰던 시간을 온몸으로 그리워했다. 그러면서도 고생했던 기억과 감각들만은—진도가 꽉 막혔던 때라거나, 같은 원고를 거듭 수정하느라 토 나올 지경이 되었던 일이나, 편집자의 너무 정확해서 아픈 중간 리뷰를 받을 때라거나—선별적으로 잊혀갔다. 장편소설을 쓰고 난 후의 형언하기 힘든 속 시원하면서도 허탈한 느낌은 아이를 낳았을 때와 흡사했다. 아이를 낳고 나면 임신과 출산의 고통을 망각해서 또 다시 아이를 가질 수 있는 힘이 생기듯이 다음 소설을 속절없이 꿈꾸기도 했다. 마라토너들이 42.195킬로미터를 완주한 다음에도 호흡을 고르기 위해 한참을 더 걷듯이, 나는 첫 장편소설 원고를 마감한 다음 날 아침, 단골 카페에 노트북을 들고 나가 새 책 원고를 쓰기 시작했다.

미친 사랑에 대해 쓰는 사람들

사랑에 관한 소설을 쓸 때면 나는 다른 작가들의 사랑 이야기를 필요로 한다. 그 소설들은 촉촉하고 농후해서 감정이 퍽퍽하게 건조해지는 것을 막아준다. 하루 일과를 끝내고 밤이 되어 몇몇 작가들의 사랑 소설을 편다. 사랑의 결을 짙게 느끼기 위해서는 여성 작가들의 소설이 더 적절하다. 그 주에 읽었던 소설은 에쿠니 가오리의 장편소설 《잡동사니》와 아니 에르노의 장편소설 《단순한 열정》이었다. 나는 이 두 사람만큼 정념의 세계로 깊이 들어간 작가를 보지 못했다.

그들은 숨 쉬듯이 연애를 해온 여자들 같다. 작가 에쿠니 가오리의 일상을 세 개의 시간으로 나눈다면 사랑하기, 글쓰기, 장시간 목욕하기라고 할 만큼 그의 사람과 사람 간에 오가는 아릿한 감정 묘사는 일품이다. 사랑에 있어서 가능하지 않은 것은 없다고 항변하듯이. 어떤 형태의 사랑도 선입견으로 판단하지 않고 오로지 긍정한다. '감정을 느끼면서 사는 일'이야말로 살아가는 이유임을 피력하고 '사람들의 상식을 흔들어버리는 게 소설'이라고 말한다.

작가 아니 에르노는 사랑도 글쓰기도 격정적으로 한다. 자전적 소설들을 보면 사랑 앞에서 몸을 사리는 일이 없어 보이지만 동시에 자신의 가장 내밀한 진실을 가장 차갑고 무자비하게 해부한다. 소설 《단순한 열정》에서 "나는 그 사람이 내게 남겨놓은 정액을 하루라도 더 품고 있기 위해 다음 날까지 샤워를 하지 않았다"라는 문장을 읽고 미간을 찌푸리는 이들도 있겠지만 열정은 늘 '청결'과는 거리가 있는 것 같다. 그만큼 그의 책들은 사랑 그 날것의 갈망과 달뜸, 고통으로 가득 차서 읽는 것만으로도 열병을 앓는 기분이다.

미친 사랑일수록, 지독한 사랑일수록 좋은 이야기가 된다. 그래야 소설 속 등장인물들이 평소와 다른, 자신의 한계를 뛰어넘는 미친 짓들, 아니 모험을 하게 되기 때문이다. 상대를 사랑하는 만큼 약해지고 무방비해지는 등장인물들의 모습은 몹시 인간적이다. 평소엔 강한 척, 괜찮은 척 담담하게 살아가다가도, 사랑하게 된 사람에게 마음속의 연한 부분을 드러내고야 마는 주인공들에게 마음이 간다. 그들은 스스로 약해지고 낮아지는 것에 대해 행복해한다. 불완전한 사람들끼리 만나 완전한 무언가를 좇으려고 애쓰는 무모함도 짠하고 아름답다.

내 마음대로 안 되는 사랑은 다양하게 복잡한 감정을 이끌어낸다. 상대에 대한 경멸이나 환멸, '이러면 안 된다'는 걸 알면서도 저지르고 마는 비루함과 자기 파괴성 등 사람은 어찌나 쉬이 미친 상태가 되는지. 사랑만이 주는 고통의 특수성도 흥미로운 지점이다. 대부분의 고통은 한번 겪으면 두 번 다시 겪고 싶지 않지만 사랑은 호되게 겪은 후에도 겁 없이 다시 마음을 연다. 사랑이 무척 고통스러웠던 만큼 그만큼의 황홀감이 존재했기 때문이다. 사랑 앞에 적나라하게 노출되면서 마음 깊숙이 숨겨진 진심을 찾아가는 주인공들의 진심 어린 사랑은 늘 어딘가 아프기 마련이다.

한편 남성 작가의 경우, 작가 줄리언 반스의 장편소설 《연애의 기억》처럼 연상연하 커플의 사랑의 광기와 무자비함이 대놓고 통렬하게 펼쳐지는 이야기가 있는가 하면 작가 앤드루 포터의 단편소설집 《빛과 물질에 관한 이론》처럼 은은하게 사랑에 미친 자들을 그려낸 소설도 있다. 이 작품집은 내가 사랑 소설에서 바라는 지극한 진심을 다한 사랑과 그 상실을 아우르고 있는데, 소설 속 세 등장인물의 사랑의 방식, 특히 여자 주인공의 사랑을 이해할 수 있는 독자라면, 그는 진짜 사랑을 해본 사람, 타인의 마음을 깊이 헤아려본 사람일 것이라고 감히 생각한다.

앤드루 포터는 고등학생 때 금발 머리 치어리더들을 거느리고 다니는 교내 미식축구 선수 같은, 눈에 띄고 인기 많은 '잘난' 남학생이 결코 아니었을 것이다. 왜냐하면 그런 남학생은 다른 사람의 마음을 깊이 이해하려고 애쓰는 남자 어른이 결코 될 수 없기 때문이다. 앤드루 포터의 남자 주인공들은 당차고 매력적인 여자 주인공들에 비해 상대적으로 덜 유능하고 불쌍한 존재처럼 그려지는데, 그건 그들이 그녀들을 진실되게 사랑하기 때문에 스스로 바보를 자처하는 게 아닐까 싶다. '이런 글을 쓰는 사람은 아마도 이런 성정을 가진 사람이겠지'라고 막연히 혼자 상상하다가, 2023년 여름 서울국제작가축제에서 그를 직접 만날 수 있었다. 조곤조곤 느릿느릿한 그의 여러 이야기 중에 현실 세계에서 외롭고 소외된 등장인물("lonely voices")에 대해 쓸 때의 큰 기쁨과 작가라는 인간들은 무척 취약하고 여리다("very fragile")는 말이 가장 기억에 남았다.

좌담회가 끝나고 작가 사인회를 했는데, 당시 오른발에 깁스를 했던 나는 맨 마지막에 사인을 받아야겠다 싶어서 저만치 있던 의자에 앉아 사인회가 돌아가는 양상을 내내 관전했다. 앤드루 포터가 사인회 첫 독자부터 시작해 한 사람 한 사람 어찌나 살갑게 대화를 나누면서 사인을 하던지…… 중간중간 새 독자들이 몰려와 줄에 합류하는 일이 몇 차례 반복되며 사인회가 시작한 지도 어느덧 두 시간이 지나갈 참이었다. 작가는 콜라를 수시로 들이켜며 당 보충을 했지만 점점 얼굴이 벌겋게 달아올랐고, 행여 저러다 쓰러지는 게 아닌가 싶어 내가 다 현기증이 날 지경이었다. 드디어 내 차례가 되었다. 시차 적응도 못 했을 작가는 첫 독자에게 쏟았던 정성을 마지막 독자인 나에게도 똑같이 쏟아부었다. 내가 건넨 첫마디는 물론 "괜찮아요?"였다. 그는 누가 봐도 전혀 괜찮아 보이지 않았기 때문이다. 이제 진짜 끝났다는 안도감 때문인지 "괜찮아요! 시차 때문인가 봐요"라고 그는 센 척을 했다. 그러고는 다음 날 아침, 작가는 머나먼 동아시아의 한 나라에서 119 응급차에 실려 병원 신세를 지고 마는데……미안한 얘기지만 걱정은 찰나였고, 소식을 전해 듣고 이 순한 작가의 요령 없음에 절로 미소가 지어졌다.

미국 텍사스주 샌안토니오에 있는 집으로 무사 귀환한 그는 약속한 대로 반년 후, 신작 단편소설집 《사라진 것들》을 안겨주었다. 다양한 직업과 상황에 놓인 40대 남자 주인공들은 사랑하는 사람들, 젊음과 청춘, 꿈과 가능성 등이 눈앞에서 사라지는 것을 목격하며 흔들리거나 무너지면서 동시에 무진장 '애를 쓴다'. 이미 초반에 페이스 조절에 실패했으면서도 끝까지 무모하게 안간힘을 다했던 사인회장에서의 앤드루 포터처럼. 사랑하는 여자들에게 기꺼이 휘둘림을 당하는 소설 속 남자 주인공들이 아무리 한심해도 도저히 미워할 수 없었다. 시키지도 않은 걸 하겠다고 혼자 무리해놓고, 결국 응급실에 실려 가서 여러 사람을 걱정시킨 다음에 "나 그

땐 진짜 무진장 아팠는데 그래도 다 나아서 집에 잘 왔고 서울에선 정말 끝내주는 시간 보냈어!"라고 해맑게 답신을 주던 앤드루 포터처럼.

작품을 평가하는 것에 대해

나는 타인의 작품을 공개적으로 비판하지 않는다. 개인적인 호불호는 있지만 내 잣대를 가지고 '나쁘다' '별로다' 대외적으로 말하기는 어렵다. 모두가 좋아하거나 모두가 싫어하는 작품은 없고, 같은 내용으로도 칭찬하는 사람과 비판하는 사람은 늘 골고루 있는 것이 작품이 가진 속성이기도 하다. 그러나 책이든 영화든 노래든 진심으로 마음에 들고 좋았다면 공개적으로 몇 번이고 기쁘게 예찬한다. 그 작품이 보다 많은 사람들의 사랑과 관심을 받기를 바라면서. 좋아하는 것을 왜 좋아하는지 신나서 함께 이야기를 나누고 싶어서.

이것은 내가 마음씨가 고운 사람이라거나, 나의 작품이 비판받아 상처 입은 경험을 반면교사 삼아 생긴 습관은 아니다. 작가가 글을 비판받는 일은 일상다반사고 기분이 좋진 않아도 익숙해지면 마음에 담을 정도로 상처받진 않는다. 공개적으로 타인의 작품을 비판하지 않게 된 것은 나 역시도 무언가를 만들어내는 일을 하면서부터 그 과정에 얼마나 나름의 고민과 고생이 포함되어 있는지를 알게 되었기 때문이다. 제로에서 무언가를 만들어내는 작업이 얼마나 손이 많이 가는 고된 작업인지를 몸으로 알고 있기 때문에 '저 작품은 쓰레기다'라고 한마디로 말할 수가 없다. 작품을 만들기까지의 과정을 조금이라도 상상할 수 있다면 드러내놓고 쉽게 비판하기는 힘들다.

작품이 대중에게 평가받는 것은 어쩔 수 없는 일이며, 무언가를 비판하는 것 자체가 틀렸다는 말은 아니다. 모든 작품은 온갖 부정적인 평가에 열려 있다. 단지 뭔가에 대한 부정적인 방향의 계몽에 중독되는 일은 경우에 따라 여러 가지 것들을 무의미하게 손상시키는 것 같다. 아까도 얘기했지만 물론 내게도 작가나 작품에 대한 호불호는 있다. 아니 심한 편이다. 하지만 내가 좋아할 수 없다면 그것은 취향의 문제라고 생각하기로 한다. 만약 그 작품이 어떤 절대적인 문제를 가지고 있다면 사람들이 굳이 말해주지 않아도 작가 자신이 이미 알고 있지 않을까?

오랜만에 새 작품으로 컴백한 한 창작자가 쓴 글을 우연히 읽은 적이 있다. 새 작품이 나오기까지의 긴 시간 동안 무슨 일이 있었는지에 대한 솔직한 고백이었다. 불면증과 열패감에 사로잡힌 일, 최악의 결과를 상상하며 자괴감에 빠진 일, 몇 년에 걸쳐 쓴 작품을 포기하려다가 수정에 수정을 거듭해 마침내 대중 앞에 선보이게 된 과정 등. 새 작품에 대한 대중의 평은 호불호로, 평가는 첨예하게 갈라섰다. 정말 재미있다는 사람과 정말 재미없다는 사람. 이런 극단적이고 대조적인 평가 때문에 궁금해서 작품을 본 사람들이 있을 정도였다. 나는 피를 토하는 심정으로 쓴 것 같은 그분의 후기 글을 읽고 작품을 보았고 생각이 많아졌다. 오랜 시간에 걸쳐 필사적으로 일궈낸 작품이 대중의 시야에서 금세 사라지는 고통을 당사자가 아니고서야 어떻게 감히 가늠조차 하겠는가. 하지만 그것이 결코 남의 일만은 아니지 않을까? 창작자가 처한 운명의 본질은 결국엔 같을 것이다. 혼신을 다해, 기나긴 시간을 들인 작품이 외면받을 가능성에서 자유로울 수 있는 창작자가 누가 있겠는가.

그렇다 해도 창작자는 무언가를 만들어내는 사람들. '남이 만든 것을 비판하는 사람'이 있으려면 그 이전에 '만드는 사람'이 있어야 한다. 비판하는 사람들은 그럴싸하게 말을 섞어 만든 사람의 우위에 있는 양 말하지만 실제로 비판하는 이들은 만드는 이의 시야에서만 보이는 광경을 결코 볼 수 없다. 평가하고 비판하는 것은 쉽지만 창조하고 만들어내는 것은 어렵지 않은가? 배우 에단 호크의 경우, 20여 년 전 두 번째 소설 《웬즈데이Ash Wednesday》를 펴내고도 '글을 쓰는 유명인'이라는 평가에서 자유롭지 못해 괴로워했다. '진정한 작가'로 인정받고 마땅히 받아야 할 문학적 찬사를 받는 데 유명세가 도리어 방해가 되는 경우였다. 그러나 한 편집자가 '그런 일은 유명한 전업 작가도 작가 경력 후반에 겪는 일'이라며 이 문제를 피하지 말고 아예 네가 잘 아는 '배우의 이야기'를 쓰라고 격려했다고 한다. 그리하여 무려 20년 만에 그는 심기일전해서, 배우인 자신의 삶을 바탕으로 세 번째 소설 《완전한 구원A Bright Ray of Darkness》을 내고 마침내 평단과 대중의 정당한 평가를 받기에 이른다.

　　현대사회에서 무언가를 만들어내거나 자기 목소리를 가

지려면 주변의 비판을 끊임없이 안고 가야 하지만 그럼에도 아무것도 만들어내지 않는 것보다는 낫다. 하물며 실패하는 편이 아무것도 만들어내지 않는 것보다 낫다. 그러니 우리는 일단 해야 할 일—계속 써나가는 것, 계속 만들어나가는 것—을 하기로 한다. 언젠가는 내 작품을 알아봐주는 누군가를 만날지도 모른다. 아니, 누군가의 평가에 흔들리거나, 누가 알아봐주는 것을 예전처럼 중요하게 느끼지도 않을 것이다.

4장

작가로 사는 인생

누가 작가인가

글쓰기에 관한 책을 쓰고 있다는 얘기를 한 지인에게 조심스럽게 했더니(보통 어떤 책을 쓰는지는 아주 가깝거나 신뢰하는 극소수의 사람 외에는 함구한다) 대뜸 내게 "어휴, 제발 좀 아무나 글 쓰고 책 내지 말라고, 제대로 맵게 써주세요"라고 말했다. 내가 그렇듯이 지인도 나를 신뢰하는 게 분명했다. "아니, 제가 바로 그분들한테 이 책을 팔아야 하는데요" 하고 농담으로 대답을 넘겼지만, 문득 글을 쓰고 책을 내는 자격, 혹은 진정한 작가란 무엇인가에 대해 골똘하게 되었다.

매해 심화되는 유례없는 출판 불황으로 책을 읽는 사람들이 가시적으로 줄어가는 한편, 너도나도 글을 쓰고 책을 내려는 현상은 점점 두드러지고 있다. 과거에는 신춘문예나 문예지로 등단한 사람 중 일부가 출판사의 선택을 받아 책을 출간했다면, 이제는 글쓰기 플랫폼도 다양해지고, 책 제작 인프라에도 접근이 용이해지고, 누구나 원하면 글을 쓰고 책을 내서 '작가'가 되는 시대가 되었다. 한데 어떤 일이든 진입장벽이 낮아지면 그 안에서 암묵적으로 진짜와 가짜를 판별하는 분위기가 만들어진다. 로스쿨 제도가 생겼을 무렵 누가 사시 출신이고 누가 로스쿨 출신인지를 구별했던 것처럼. 출판계로 치면 저 사람을 과연 '작가'라고 할 수 있을까? 어디서부터가 진짜 '작가'인가, 같은.

혹시 내가 누군가를 작가로 인정하지 않으려고 했었다면 그것은 소싯적에 누군가가 나를 작가로 인정해주지 않았던 경험 때문일지도 모른다. 작가로서 자신의 하찮음을 내심 느끼고 있을 때, 주관적으로 나보다 못해 보이는 저자들을 작가로 '내심' 인정하지 않으려는 심보 같은 것도 있다. 가령 책 10권을 낸 저자는 책 한두 권 낸 저자를 인정하지 않으며, 소설과 시인은 에세이를 문학이 아닌 잡문으로 볼 수 있으며, 문학상을 탄 저자에게 독립출판물 저자는 검증을 거치지 않은 아마추어로 보일지도 모른다. 순문학 작가는 장르문학 작가를 예술이라 인정하지 않으며, 장르문학 작가는 순문학 작가의 나이브함을 신기해하고, 예술성을 인정받는 작가는 상업적으로만 성공한 작가를 존재하지 않는 것처럼 여기며 책을 많이 팔아본 작가는 고결하기만 한 작가를…… 끝도 없을 것 같으니 이쯤에서 부정적인 상상의 나래는 멈추도록 하겠다. 글의 세계는 예로부터 '선비'의 영역이라 점잖음을 요구받는 측면이 있어 면전에서 거칠게 '이건 글이 아니오!'라고 말하지는 않는다. 대놓고 말하지 못하는 만큼 '인정하지 않음'은 미세한 바이브로 음흉하게 표현되거나 혹은 전달된다. 주변을 둘러보면 분명 나만 그렇게 느꼈던 것은 아닌 것 같다.

한 저자는 밤늦게 자신의 소셜미디어에 "내가 아무리 진지하게 책을 여러 권 써도 사람들이 나를 작가로 인정해주지 않아 속상하다"라며 속내를 토로했다. 그는 여러 권의 책을 냈고 꽤 알려진 이라 나는 게시글을 보고 깜짝 놀랐는데, 몇 분 후에 다시 보니 홀연히 삭제되어 있었다. 작가로 인정받는 문제도 그렇지만 작가라는 호칭 자체가 과대평가된 느낌도 없지 않다. 하루는 집 앞 카페에서 원고를 수정하고 있는데 옆자리에서 '작가님'이라는 호칭이 1분에 한 번꼴로 들렸다. 어쩔 수 없이 대화를 상세하게 주워듣게 된 나는 이 자리가 첫 책 출간 제안 자리인 것을 알았다. '작가님'이라 불릴 때마다 민망해하면서도 기분 좋아하던 그분의 모습은 무척 인상적이었다. 한번은 다른 저자와 북토크 행사를 하게 되었는데, 대화를 나누다가 북토크 때는 서로 그냥 '이름+님'으로 부르자고 제안했다. 다행히 그분도 흔쾌히 동의해주었다. 하지만 토크 도중에 내가 어쩌다 '○○○ 작가님'이라고 부르게 되었을 때 그분의 눈빛과 표정이 한결 편안해 보이는 걸 보고 나서야, 내 제안이 조금 성급했었구나 하고 반성했던 적도 있다.

* * *

작가라는 타이틀, 거기엔 분명 뽕이 있다. 그것은 아무리 많은 부와 명예, 권력을 가졌어도 자기 이름을 내걸고 책을 한 권 내고 싶은 열망과 관련이 있다. 한 권의 책에는 그런 마성이 있고 '작가'라는 호칭에는 분명 이상한 아우라가 있다. 오래전부터 '지망생'을 뒤에 달 수 있는 몇 안 되는 직업들이 대개 로망을 불러일으키는 직업이긴 했다. 하물며 작가는 한때 지성의 상징이던 시절이 있었다. 자유롭고 고독한 모습에 조금 멋스럽게 보이기도 한다. 운이 극히 따라주면 부와 명예, 더 나아가 사람들의 사랑과 존경을 모두 얻는 직업이기도 하다.

현재 나의 결코 매력적이지 않은 어정쩡한 중년의 나이나, 괴팍하고 퉁명스러운 성격에도 불구하고 사람들은 대체로 내게 호의를 보여준다. 솔직히 그들이 친절하게 대해주고 관심을 두는 게 다 작가라는 직업이 가지는 고유한 아우라 때문이라고 생각한다. 속세와 거리를 두고 사는 것 같은 낭만성과 더불어 사람들이 마음 깊숙이 숨겨둔 어떤 결핍이나 갈망을 대변하는 역할을 하는 탓인지 근거 없는 신뢰와 '작가에 대한 환상'도 생기는 것 같다. 요지는 사직동 주민 임경선보다 작가 임경선일 때 세상은 내게 더 너그럽고 상냥하다. 그것이 냉혹한 사실이다. 어떤 사례들이 있었는지 줄줄이 나열할 수도 있지만 너무 비루하기에 나열하지 않겠다.

내가 이 책을 쓴다고 했을 때 '제발 일기는 자기 일기장에!'라고 강력한 일갈로 신신당부했던 지인의 '참된 작가'에 대한 야멸찬 선 긋기는 글 엘리트주의에 입각한 단순한 쓴소리였을까? 나는 아니라고 본다. 광장은 열려 있다. 누구나 글을 쓰고 책을 낼 수 있는 환경이라면 자연스럽게 그렇게 되는 것이고 누구도 그 흐름을 막을 수 없다. 그도 이 사실을 알고 있다. 그러면 왜 그렇게 '못된' 말을 했을까? 오래도록 그 생각을 이어왔는데 결국 나는 그가 글에 '진심'이기 때문에 그런 말을 할 수 있었다는 결론에 도달했다. 그가 자체 검열 없이 그런 정치적으로 올바르지 않은 말을 하고 나도 그 말을 알아먹은 것은 나 역시도 글에 '진심'이기 때문이다. 풀어서 말하면 우리는 글에 진심이 아닌 사람들이 글을 쓰겠다고 하는 게 심기에 거슬리는 것이다. 사랑에 진심인 사람이 사랑을 즐기는 수단으로만 보거나, 사랑의 쾌적하고 좋은 부분만을 취하려는 사람을 바라볼 때의 울화와도 비슷하다. 우리는 결코 글을 쉽게 생각할 수 없고, 도저히 글에 '쿨'할 수가 없는 것이다!

이 세상에 하찮은 책이라는 것이 있을까? 하지만 사람들은 저마다의 기준으로 '함량 미달 책'을 판단한다. 다만 모두 상대적이라 어떤 사람들에겐 내 책도 함량 미달일뿐더러 내가 인스타그램에서 작가 행세만 하는 장사꾼, 이라는 주장도 가능하다. 반대로 내가 생각한 하찮은 책이 누군가에겐 인생을 구제한 책일 수도 있다. 많이 팔린 책이 양서라는 보장도 없다. 결과물로서의 책에 소고기처럼 등급을 매기고 싶진 않다. 반면 글을 쓰는 일을 몇 주 배우면 요령 좋게 익힐 수 있는 쉬운 기교쯤으로 생각하거나, 책을 읽지도 않으면서 책을 쓰려고 한다거나, 책을 진지하거나 지적인 이미지 같은, 자신에게 모자란 부가가치를 얻기 위한 굿즈 정도의 수단으로 간주한다거나, 더 낫고 깊은 글을 쓰는 대신 뭐 하나가 잘 팔렸다 싶으면 자기 복제하는 일에 안주하거나, 자신의 글을 한 치도 부끄러워하지 않는 모습을 보다 보면 우리 같은 사람들은 난데없이 상처를 입고 마는 것이다. 결국 글의 본질이라 생각하는 '진정성'이 훼손되었다는 느낌이 들 때 인정하기 싫은 마음이 드는 것 같다. 또한 이제는 안다. 처음부터 작가로 인정받은 사람은 아무도 없었음을. 최종적으로는 자신이 스스로를 작가로 정직하게 인정해야 함을. 주위를 둘러보면 여전히 양심적이지 못한 사람들도 꽤 많아 보이지만.

'대체 어디서부터가 진정한 작가인가'라는 결론도 나지 않을 지극히 비생산적인 담론을 혼자 중얼대는 나를 물끄러미 바라보던 영미문학 애호가 손현 작가가 불쑥 입을 열었다.

"셰익스피어의 〈로미오와 줄리엣〉 발코니 신에 유명한 대사가 있거든요? '이름이 뭐길래? 장미를 다른 이름으로 불러도 그 향기는 달콤하기 마찬가지일 텐데'였었나…… 아무튼 이름은 단지 이름일 뿐 본질은 변하지 않는다는 뜻이죠. '작가'도 그런 게 아닐까요?"

과연 그러하다며 나는 순순히 고개를 끄덕였다. 작가는 결국 글자 그대로 무언가를 '만드는 사람'. 어떻게 그것을 만들지는 천차만별일 것이다. 각각의 방식은 그 자체로 존중되어야 하며, 자신의 자리에서 더 나은, 더 깊은 글을 쓰기 위해 분발할 뿐이다. 작가라 불리든 말든 자신이 할 수 있는 가장 좋은 글을 쓰려고 늘 갈증을 느끼며 무진장 애를 쓰는, 작가라는 호칭이 아니라 '글'에 진심인 사람을 우리는 기다리는 것이다. 원고를 겨우 두 번 수정한다고? 당신은 작가가 아니다.

What I Think About When I Write

예술가의 삶

예술가의 삶에 대해 제각기 다른 의미에서 생각하게 하는 두 편의 영화를 보았다. 재즈 트럼펫 연주자 쳇 베이커 Chet Baker의 인생을 그려낸 〈본 투 비 블루Born to be Blue〉, 그리고 피아니스트 세이모어 번스타인Seymour Bernstein의 인생을 그려낸 〈피아니스트 세이모어의 뉴욕 소네트Seymour: An Introduction〉이다.

쳇 베이커는 천부적인 재능을 가진 웨스트코스트 출신의 백인 재즈 트럼펫 연주자로, 뉴욕의 전설적인 재즈 클럽 '버드랜드'에 혜성처럼 데뷔한다. 이내 재즈 팬들의 사랑을 한 몸에 받으며 화려한 시절을 보내지만 헤로인 중독에 빠져 구제 불능의 상황으로 치닫는다. 감옥살이를 마치고 나온 쳇 베이커는 어떻게든 다시 트럼펫을 연주하기 위해 노력하지만 세상 사람들은 그를 등진다. 하지만 자신을 지지하는 헌신적인 연인의 사랑과 보살핌 속에서 쳇 베이커는 마약의 도움 없이 트럼펫을 다시 불게 된다. 초심으로 돌아간 그는 꾸준한 노력으로 수많은 제작자들 앞에서 〈마이 퍼니 발렌타인My Funny Valentine〉을 연주하며 우수 어린 목소리로 노래했고, 마침내 재즈 클럽 버드랜드의 무대에 다시 설 기회를 거머쥔다. 하지만 버드랜드 공연 당일, 라이벌로 의식해오던 쿨 재즈의 거장 마일스 데이비스Miles Davis가 공연을 보러 왔다는 소식에 극도의 심리적 압박을 받아 대기실에서 다시 마약에 손을 대고 만다. 재즈 아티스트로서 재기에 성공하는 대가로 다시 헤로인 중독자의 삶을 선택한 것이다.

이쯤에서 피아니스트 세이모어 번스타인이 영화 〈피아니스트 세이모어의 뉴욕 소네트〉에서 했던 말이 생각난다. "무대 위에서의 공포감을 극복하지 못한다면 인생에서 마주칠 수많은 변화는 어떻게 하겠어?" 넘치는 재능으로 음악계의 주목을 받았던 세이모어 번스타인은 쳇 베이커와 사뭇 다른 방식으로 예술을 지속한다. 진정한 예술은 부와 명예를 누리는 것이 아님을 깨닫고 한창 피아니스트로 정점에 있을 때 자발적으로 무대를 떠나 뉴욕의 비좁은 스튜디오 아파트에 안착해 조용히 후학을 가르치는 삶을 선택한다. 음악 관계자들은 아까운 재능을 낭비하는 것 아니냐며 그를 무대로 돌아오게 하려고 애쓰지만 세이모어 번스타인은 제자들에게 음악적인 영감을 주는 것으로 자기만의 예술 세계를 견고히 지켜나가기로 한다.

두 예술가가 살아가는 방식은 사뭇 대조적이다. 무리수를 둬서라도 스포트라이트 앞으로 나아간 사람과 스포트라이트 아래서 더 오래 영광을 누릴 수 있음에도 도중에 멈추고 내려온 사람. 쳇 베이커는 강렬한 예술적 재능과 충동을 (그것이 비록 찰나일지언정) 터트리고 불사르기를 욕망했고 그것을 위해서라면 악마에게 영혼을 파는 일도 서슴지 않았다. 반면 세이모어 번스타인은 주인공의 자리를 버리고, 조력자의 길을 택하여 자신의 예술적 재능을 제자들에게 남김없이 전수하고 나누는 삶을 실천한다. 일견 세이모어 번스타인의 삶의 방식이 올곧고 건실해 보인다. 하지만 예술가가 자신의 재능을 사용하고 예술을 영위해나가는 방식에 맞고 틀리고는 없고 그저 각자의 예술하는 삶을 살아나갈 뿐이다.

인생의 전환점이 될, 가진 모든 것을 다 쏟아야 할 버드랜드 공연을 몇 분 앞두고 쳇 베이커가 헤로인 주사의 힘을 빌린 것은 안타깝지만, 동시에 그렇게 하지 않고는 견딜 수 없었던 그의 절박한 마음이 너무나 이해되었다. 예술가는 머리가 아닌, 마음이 시키는 대로 나아간다. 마지막 기회처럼 보이는 이번 무대에서 자신이 할 수 있는 최상의 연주를 보여줄 수만 있다면 그 외의 모든 것을 놔버려도 좋다는 간절함을 알기에, 그저 관객의 한 사람으로서 인생을 통째로 건 그의 연주를 벅차게 지켜볼 수밖에 없었다. 그 이후 쳇 베이커는 재기에 성공해서 정상의 재즈 아티스트로서 계속 활동하지만 결과적으로 헤로인 중독으로 망가지는 그의 일생을 누가 어떤 잣대로 실패한 삶이라고 평가할 수 있을까.

예술가에게 재능은 존재의 본질 같은 것. 하지만 그 재능을 어떻게 다루면서 살아가야 할까. 쳇 베이커처럼 짧고 굵게, 뜨겁고 강렬하게 불사르며 살아가야 갈까, 혹은 세이모어 번스타인처럼 가늘고 길게, 겸손하고 온화하게 정돈하며 살아가야 할까. 대중의 사랑을 더 이상 받지 못하게 되었을 때 혹은 더 이상 자신에게 재능이 남지 않았다고 판단되었을 때, 쳇 베이커의 아버지처럼 세월에 항복하고 현실을 받아들이며 예술을 포기할 것인가, 아니면 쳇 베이커처럼 재능이 살아날 것을 믿으며 끝까지 꿈을 좇을 것인가. 다른 잘나가는 예술가들과 스스로를 비교하지 않고 뚝심 있게 나만의 길을 걸어갈 것인가, 또는 다른 예술가들을 향한 질투와 경쟁심을 오히려 재능을 발휘하기 위한 자극제로 이용할 것인가. 예술가들의 삶은 치열한 인생의 질문들을 끊임없이 던지며 그들을 시험에 들게 한다.

글을 써서 밥벌이하기

문예 잡지 《악스트Axt》에 실린 작가 천명관의 인터뷰를 보고 참 솔직한 남자라고 생각했다. 그는 소설가인 자신을 혹은 문학을 아름답게 포장하는 말을 하지 않고 지극히 현실적인 지점을 짚는다. "근본적으로는 글을 써서 자기 생계를 유지할 수 있어야 한다. 안 그러면 글을 쓰는 것에도 회의가 온다." "불편한 진실일 수도 있지만 문학을 계속 사랑하기 위해선 밥벌이가 되어야 한다." "지난 10년간 등단한 작가 중에 회사원 정도의 수입을 올리는 작가가 얼마나 되는지 궁금하다. 내 짐작엔 한 명도 없는 것 같다."

'작가는 가난해야 한다.'
'결핍이 글을 쓰게 한다.'
'창작자는 돈을 밝히지 않아야 한다.'

예술가의 가난이 아름다움으로 승화되는 이런 선입견이 팽배한 환경에서 천명관 작가의 언급은 정신이 번쩍 들게 한다. 회사원의 수준도 천양지차인데 '회사원 정도의 수입'이란 어떤 액수를 염두에 두고 말한 것일까? 쉽게 연 수입이 5000

만 원이라고 치자. 내 감각으로는 인세로 그 액수를 벌 수 있는 한국 작가는 많지 않을 것이다.

많은 전업 작가들은 '작가'라는 타이틀로 책 쓰기 '외'의 일들을 병행하며 어떻게든 작가의 정체성을 유지하며 살아간다. 다음 책 원고를 쓰는 동시에 여러 매체에 청탁받은 글을 납품하거나 강연이나 행사를 다니면서 밥벌이를 한다. 어떻게든 이것저것 티끌을 모아 매달 들쭉날쭉하게나마 생계를 유지해나가는 것이다. 다른 직장을 가진 작가들은 본업으로 생계를 해결하고, 글쓰기로 돈을 벌 기대를 최소화하며 살아간다.

전업 작가로 지낸 지 얼마 되지 않던 시절엔 원고를 청탁받으면 거의 다 썼다. 격주 연재물, 주간 연재물, 주 2회 연재물, 월간 연재물, 비정기 청탁 원고 등이 한시에 겹쳐 정신이 혼미했던 기억도 난다. 끊임없이 글을 찍어내는 '원고 머신'이었다. 오랜 시간을 회사원이라는 정체성으로 살았기에 글 쓰는 일을 하더라도 어떻게든 '회사원 정도의 수입'까지는 맞춰야 한다는 강박이 있었다. 그래야 글 쓰는 일이 정당화될 것 같았다. 만약 아무리 글을 쥐어짜도 그만큼 벌지 못했다면, 나는 자괴감에 빠져 다시 회사로 돌아갔을지도 모른다.

행운인지 불행인지 그런 일은 일어나지 않았고, 어찌어찌 20년의 시간을 전업 작가로 버텨냈다. 첫 장편소설을 준비하면서 큰마음 먹고 하나를 제외하고 모든 연재와 청탁 원고를 그만두거나 거절했다. 안 그러면 도저히 장편소설에 집중할 수 없었다. 높은 원고료의 제안이 들어와도 눈물을 머금고 거절했지만 한편으로는 거절할 수 있는 핑계가 생겨 묘한 해방감이 들었다. 포기한 만큼 더 절박하게 목표에 매진할 동기부여도 되었다. 다행히 그즈음 경제적으로 숨통을 틔우게 해준 것은 '강연'이었다. 강연 의뢰가 서서히 들어오면서 책 원고 외에 다른 글은 쓰지 않으면서 장편소설 쓸 시간을 확보할 수 있었다. 처음 보는 낯선 사람들 앞에 서서 이야기하기보다 혼자 조용히 글을 쓰는 게 성격에 훨씬 맞았지만, 효율성 측면을 놓고 보았을 때 강연 의뢰를 마다할 입장이 아니었다. 눈 딱 감고 들어오는 대로 강연 일은 받았다.

다른 출퇴근형 밥벌이 직업이 없고, 1년에 한 권 낸 책이 베스트셀러 상위권에 오랜 기간 머물지 못한다면, 작가의 정체성을 유지하면서 '회사원 정도의 수입'을 올리기 위해서는 (1) 책 인세 (2) 기고 원고료 (3) 행사 및 강연료, 라는 밥벌이의 삼각구도가 절묘하게 균형을 유지해주어야 한다. 셋 중 하나라도 약해지는 징후가 오면—다시 말해 책 판매가 확 줄거나 원고 청탁 및 강연 의뢰가 도통 안 들어오면—작가에겐 불길한 적색 신호다. 물론, 삼각구도 중 한쪽으로만 치우쳐도 현실적으로 곤란해질 수 있다. 청탁받은 원고 납품에만 매달리면 얼마 못 가 소재가 고갈되고 제대로 된 책을 쓸 심적·시간적 여유가 없어진다. 돈을 많이 준다고 강연만 부지런히 다니다 보면 점점 작가가 아닌 전문 강사의 영역으로 들어가버리고 만다. 그런가 하면, '나는 오로지 내 책만 쓰겠소'라는 자세는 고결해 보일 순 있어도 생계에 지장이 생겨 천명관 작가의 말대로 글 쓰는 것 자체에 회의를 느끼는 상황이 올지도 모른다.

게다가 원고 기고나 강연도 불러줘야 가능한 일. 그러니 작금의 작가들은 스스로 밥벌이를 일굴 수밖에 없다. 보통 1인 미디어로 유료 뉴스레터를 발행하거나 글쓰기 수업을 운영하는 방식으로 수입을 올리는데, 독자들과의 거리가 직접적이고 가까워진 만큼 자칫 감정 노동에 시달릴 우려도 있다. 직접 하게 되면 그만큼 내가 신경 쓰는 일이 많아지기 때문에 또다시 본업인 글쓰기에 방해가 되고 급기야 '나는 대체 뭐 하는 사람일까?' 같은 정체성 혼란을 느낄 수도 있다. 다만 주로 혼자 있는 작가들 입장에서 보면 뉴스레터 발행이나 글쓰기 수업이 적적함을 달래는 호작용도 하는 것 같다. 모든 것은 케이스 바이 케이스이겠지만.

그렇다면 '책만 써서' 먹고살 수 있으려면 어떻게 해야 할까? 책을 매년 내고, 낼 때마다 최소 3만 부 이상의 베스트셀러를 기록하는 것 말고는 방법이 없는 것 같다. 한국에서 과연 몇 명의 작가가 이런 행운을 누릴 수 있을까. 아니, 3만 부 판매는 이미 복권의 영역이 되어버렸다. 그리고 이런 행운이 과연 언제까지 지속될 수 있을까. 뿐만 아니라 매년 한 권을 꼬박꼬박 써내는 것도 말이 쉽지, 그렇게 퍼내기만 하다가는 너덜너덜해질 것이다.

"인생의 덫은 모두 우리 스스로 놓은 것일까?"

소설가 더글라스 케네디는 에세이《빅 퀘스천》에서 이런 질문을 던진다. 기본적으로 그런 것 같다. 현실에서는 책만 쓰며 먹고살 수 없다. 대체 언제까지 청탁 원고나 강연, 글쓰기 수업 같은 숱한 '다른 일들'을 해치우면서 동시에 시간을 쪼개 쓰고 싶은 글을 써야 할지는 아무도 알 수 없고 장담도 못 한다. 책만 써서 먹고살 수 있게 되었다 쳐도 그 감사한 상황이 지속될지는 미지수이다. 전망은 대개 비관적이다. 먹고살기 위해 이런저런 일들을 동시다발적으로 쳐내야 하는 현실을 겪다 보면 문학을 사랑하기엔 때로는 너무나 지쳐버린 자신을 발견하게 된다. 시인 유진목은 산문《재능이란 뭘까》에서 자신에게 유일하게 남은 '쓰는 재능'을 두고 "죽지 않을 만큼만 돈을 주고 살려두면서 다른 선택도 못 하게 하는 저주"라고 썼다. 그것은 분명 '불행한 재능'이지만 자신은 그것을 사랑하기로 결정했다고 덧붙이면서.

작가들은 수도 없이 그 사랑을 시험받고, 그 사랑은 아마도 글을 쓰는 내내 작가에게 변덕스럽고 고약하게 굴겠지만, 작가의 글이 계속 읽고 싶은 독자의 입장에서는 그 사랑을, 그 불행한 재능을 또 응원하지 않을 수가 없는 것이다.

이름이 알려진다는 것

몇 번이나 '나는 결코 유명해지고 싶지 않다'는 취지의 글을 쓴 적이 있다. 나에게 이상적인 상태는 방송 출연으로 얼굴을 알리지 않고도, 글로 불편하지 않을 정도의 밥벌이를 할 수 있는 상태다. 개인의 프라이버시와 자유는 지키되, 내가 쓴 책들만은 독자들에게 널리 사랑받는 것. 참 욕심도 야무지다.

생각해보면 그게 말이 안 되는 게, 책을 써서 많은 사람들에게 읽히길 바라는 이상, 유명해지는 일과 완전히 등지고 살지는 못한다. 글을 쓰는 일은 근본적으로 불특정 다수의 대중을 상대하는 일이다. 이것은 내가 모르는 많은 사람들이 내가 쓴 글을 읽고 내가 가진 생각들을 알게 되어, 뚜렷한 이유 없이 사랑을 받기도 하고 미움을 받기도 하며 오해를 사기도 할 거라는 의미이다. 물론 저자는 그에 대해 아무런 불평도 할 수 없다.

'나는 유명한 사람일까?'

그렇지 않은 것 같기도 하고 그런 것 같기도 하다. 20년 전부터 여러 매체에 실명으로 글을 써왔지만 주로 인쇄매체였기에 인지도는 더디게 올라갔다. 당시 인기 있던 심야 라디오 프로그램의 고정 게스트를 오래 한 것이 인지도를 올리는 데에 도움이 되었지만 티브이나 유명 유튜브 방송 출연의 파급력에 비한다면 효과는 미미할지도 모른다. 내가 생각하는 유명함이란 분장하지 않고는 혼자 거리를 못 걸어 다니는 상태를 말하는데 나는 어디고 누추한 차림과 맨얼굴로 자유롭게 돌아다닌다. 그래도 프리랜서를 처음 시작했던 시절에 비해서는 대중에게 더 알려졌음을 피부로 느낀다. 물론 그것도 강연 신청이 바로 마감된다거나, 길을 가다가 독자분들이 알아보고 인사를 건네시는 횟수가 늘었다거나, 아이 학교 선생님들이 알아보는 것으로 막연히 짐작해볼 뿐이다. 그러나 내가 유명해졌나를 가장 명징하게 생각하게 만드는 계기는 사실 따로 있다.

다름 아닌 인간관계.
무명 시절부터 일상적으로 연락하던 사람들과의 관계는

본인이 변하지 않는 한 딱히 달라질 일이 없다. 달라지는 사람들은 '그냥 알고 지내던 지인들'이다. 이름이 조금씩 알려지기 시작하면, '그리 많이 알려지지 않았을 때 그냥 알던 사람들'이 하나둘 연락을 해오게 된다.

"네가 쓴 글, 신문에서 봤어."

"알고 보니 내 여자 친구가 너의 팬이더라고. 잠깐 바꿔줄게."

"야, 경선아! 나다!"(누, 누구……?)

개중에는 특별한 이유 없이 오랜만에 한번 얼굴이나 보자고 던져보는 사람도 있다. 인간관계는 늘 자연스럽게 '현재'에 주안점을 두어야 할 텐데 과거에 알고 지내다가 수명이 다해 자연 소멸해버린 관계를 굳이 애써서 다시 살려내려고 한다. 이제 와 만나서 할 얘기도, 공통의 화제도, 용건도 없으니 정중히 거절한다. 그런데 바로 이때의 거절이 그들을 언짢게 하여 비난할 빌미를 제공한다.

'이름이 좀 알려졌다고 건방져졌네.'

'네가 헤매던 초짜 시절의 모습을 내가 아는데……'

자신들의 존재가 거부당했다고 언짢아하며 상대를 '변했다'고 몰고 간다.

어제 만난 사람처럼 천연덕스럽게 연락을 취해오는 사람들은 사실 예전에도 그저 '지인'이었다. 그들은 내가 반가워서라기보다 이제 나를 연락하기 조금 어려운 사람으로 제멋대로 치부한 채 나를 시험해보거나 자신들의 존재 가치를 인정받기 위해 굳이 연락을 해보는 것 같다. 혹은 다른 사람들과의 대화 중에 우연히 내 이름이 거론되자 '아, 나 걔 잘 알아'라고 말해버린 것을 뒷수습하려고 그랬는지도 모르겠다. 어떤 이는 무턱대고 전화해서 궁금하지도 않은 자기 근황을 줄줄이 늘어놓는 것도 모자라, 매체에 비춰진 나의 모습에 대해 '너를 위해서 하는 말'이라며 부탁하지도 않은 훈시를 시작한다.

"사람이 유명해지면 주변에서 좋은 말만 해주잖아. 오랜 친구라야 쓴소리도 해줄 수 있지.”

그것은 나를 위해서 하는 말이 아니라 관계의 우위에 서고 싶은 통제 욕구를 합리화하는 말이 아닌가.

“팬이에요.”

또한 나는 다짜고짜 이 말부터 하는 사람들이 여러 이유로 조금 두렵다. 팬을 자처했던 소수의 사람들은 내가 예전보다 조금씩 더 이름이 알려지는 걸 서운해하기도 했다.

‘나는 아주 오래전에 이 사람이 무명일 때부터 알아왔어.’
‘내가 초창기에 주변에 책도 사주면서 얼마나 널리 홍보해줬는데……’

그 마음이 이해가 가지 않는 것은 아니고, 고맙지 않은 것도 아니다. 하지만 그들은 자신이 바라는 관계의 기대치에 내가 부응하지 못하면 상처를 받았고, 상처받은 만큼 비난하는 '안티'로 돌변하기도 했다.

"언니 언제 한번 만나주세요. 상담하고 싶은 일이 있어서요. 언제 시간 되세요? 참, 최근에 나온 책은 사서 읽었어요."

뜬금없이 이메일을 보내서 부담스러운 요구를 하는 사람들도 있었다. 독자와 나는 친구도, 언니 동생 사이도 아니었다. 내 책을 사 봤다고 굳이 강조해서 말하는 것도 거북했다. 당연한 권리를 주장하는 것처럼 들리기도 했다. 나의 초심이나 인격을 시험에 들게 하는 것 같아서 에둘러 거절한 후에도 마음이 불편했다. "거봐, 역시 변했어." 환청이 들리는 것만 같았다.

언제고 나는 계속 나였다. '한번 보자'고 해서 만나지도 않았고, 흘러간 인연을 굳이 붙잡지도 않았으며, 만나서 맥락 없이 수다 떠는 것을 좋아하지도 않았다. 상담은 어디까지나 매체를 통해서만 했지, 사적으로 타인의 인생에 개입하는 일은 적극 피해왔다.

그러고 보니 오늘 아침에도 이메일함을 열자 어떤 독자가 팬이라고 밝히며(!) 자기 아이에게 읽어주기 좋은 책을 몇 권만 추천해달라고 써서 보냈다. 경선 님도 애 엄마고, 자기가 보기엔 아이 교육을 꽤 잘 시키는 것 같고, 경선 님의 책을 예전에 한 권 사서 읽은 적도 있고, 라디오 방송도 들어본 적이 있다고. 그리고 덧붙인 이 문장.

'작가분이시니까 책들 많이 아실 것 아니에요.'

그것을 읽는데 뭐랄까, 이름이 알려진다는 것은 어쩌면 길거리에 서 있는 전봇대의 팔자를 떠안는 일이 아닐까 싶었다. 사람들은 길을 걷다가 무심결에 전봇대를 툭 치고 지나간다. 간혹 지나가던 개들은 전봇대에 한 발을 들고 볼일을 본 후 언제 그랬냐는 듯이 훌훌 털고 가버린다. 전봇대는 가만히 서서 그것들을 모두 감당한다. 그 자리에 서 있다는 이유만으로.

* * *

   앞의 글을 쓴 지 어느덧 8년의 세월이 흘렀다. 그사이 나는 10권의 소설과 산문을 더 쓰고 그만큼의 새 독자들을 만났다. 여전히 방송 출연은 하지 않고 있지만 다작을 하다 보면 인지도의 누적 효과라는 것이 있어서 거리에서 알아보는 사람도 예전보다 더 많아졌음을 피부로 느낀다. 사진이 들어가는 소셜미디어인 인스타그램을 시작해서 활발히 운영하고 있는 것도 한몫했을 것이다. 이제는 더 이상 예전 지인들의 '나 기억나?' 하는 연락이 오거나 모르는 독자들이 뜬금없이 만나자고 하거나 책 추천을 해달라고 요청하지는 않는다. 내가 나이를 더 먹은 것도 있고 덜 만만해진 것도 있겠다. 물론 어떤 독자들에겐 내 책이 처음이기도 해서 여전히 과거에 겪은 얼마간의 일들이 종종 반복되기도 한다. 하지만 이제는 하도 겪어서 정겨운 마음에 웃어넘길 줄 아는 여유가 생겼다. 예전에 쓴 글을 읽어보면 나야말로 너무 예민하고 뾰족하게 과민 반응했나 싶기도 하다.

한편, 대중을 상대로 하는 일을 오래 하면서 새롭게 이해하게 된 한 가지가 있다. 어느 업계든 유명한 정도가 비슷한 사람들끼리 친한 모습을 자주 목격하면서 '역시 비슷비슷한 레벨끼리 노는 건가' 싶었는데, 여기에는 조금 다른 속사정이 있었다.

왜 유명한 정도가 비슷한 사람들끼리 친한 것일까. 인지도에 따라 저마다의 층위에서 다른 고민을 가지고 있는데, 유명한 정도가 다르면 서로의 고충을 잘 이해하거나 공감하기가 상대적으로 힘들기 때문이다. 더 유명한 사람이 덜 유명한 사람에게 자신의 고민을 있는 그대로 토로하다 보면 자칫 가진 자의 배부른 투정으로 비춰질 수가 있다. 덜 유명한 사람은 정황상 자신만이 일방적으로 도움을 받는 기분이 들면서 마음의 부담을 느끼고 더 유명한 지인을 위해 할 수 있는 것이 많지 않으니 무력감을 느낀다. 인지도 차이에 따라 덜 유명한 쪽은 종종 질투라는 감정을 느끼지만 애써 숨겨야 하고, 더 유명한 쪽은 상대가 그런 기분이 들지 않게끔 눈치도 보고 말조심도 한다. 혹은 각자가 다른 이유로 상대에게 이

용당한다고 오해할 수도 있다.

반면 인지도가 엇비슷하면 누구한테는 가진 자의 배부른 고민으로 비춰질 수 있는 유명세의 알량함을 공유하고, 사람들의 관심 혹은 속칭 인기의 덧없음을 알고, 계속 무언가를 만들어내야 한다는 압박감을 이해한다. 신인끼리라면 막막함과 모멸감의 고통을 나누며, 함께 많은 일들에 청춘의 구락부 활동처럼 즐겁게 도전한다. 혹은 아예 다른 업계에 종사하는 이들과의 교류를 더 편하게 여긴다. 감정 노동 없이 서로에게 신선한 영감과 정직한 응원을 줄 수 있고 내밀한 비밀을 나눠도 소문날 일이 없다. 무엇보다도 순수하게 상대의 작품을 좋아하거나 즐기고 상대의 성취를 자랑스러워할 수가 있다.

일하는 데 있어서 사람들이 가장 힘들다고 하는 인간관계. 재능과 성취, 유명세 등 저술업을 포함한 모든 대중을 상대하는 일을 하면서 인간관계 문제로 마음을 갉아먹는 일은 얼마나 무모한가. 그러나 앞에서 말했듯 자신의 글이 사람들에게 읽히는 직업을 가진 이상 의도치 않게 여러 오해를 겪게 되는 건 어쩔 수 없다는 걸 이제는 안다. 그에 대해 불평해서는 안 된다는 것도 매번 되새긴다. 이런 맥락과 함의를 이해하게 된 것도 내가 급격히 유명해지는 일 없이 인지도의 여러 층위를 촘촘하게 경험했기 때문이 아닌가 싶다. 결국 창작자는 누구보다도 자기 자신과 사이가 좋아야 하는 것 같다. 스스로에게 가장 가혹한 사람이 되기도 하지만 휩쓸리지 않도록, 마음이 꼬이거나 상하지 않도록 마지막에 가서는 나를 지키는 것 또한 자신에게 부과된 책임이다.

작가와 소셜미디어

문학계의 한 선배 작가는 작금의 작가들을 가엾게 여긴다. 독자들과의 거리가 무자비하게 가까워져버린 것에 대해. 그들이 왕성하게 활동하던 시절에는 출판사가 독자와 작가 중간에 끼어 창구 역할을 하며 작가를 '지켜주는' 역할을 했다. 출판사로 온 팬레터를 모아서 전달하기 전에 작가가 뒷목 잡을 만한 비난성 편지가 있다면 알아서 미리 걸러냈다고 한다. 오늘날의 작가들은 소셜미디어를 통해 독자들과 실시간으로 가까이 있다. 소셜미디어를 운영하지 않는 작가는 흔치 않으며, 부러운 존재들이다. 그런 것 없이도 자신의 책이 충분히 읽힐 수 있다는 여유와 오로지 '쓰는 존재'로서 남고자 하는 결기가 느껴진다. 하지만 대부분의 저자들은 소셜미디어 계정을 하나 정도는 가지고 책을 알리기 위해 적극적으로 활용한다. 아니, 그 이상으로 이제는 출판사 쪽에서 작가가 소셜미디어를 통해 독자와 적극적으로 소통해주기를 기대한다.

독자들은 책을 읽으며 작가의 계정을 태그하여 '내가 지금 당신의 책을 읽고 있다'고 손짓한다. 작가는 작가대로 고 마음의 표현과 더불어 한 번 더 팔로워에게 홍보하고자 그 내용을 다시 자신의 팔로워에게 전달한다. 또한 소셜미디어에는 다이렉트 메시지 기능이 있어 독자들이 단순히 응원 메시지를 보내는 걸 넘어 작가에게 시시콜콜한 질문을 하거나, 혼잣말하듯 자신의 일상을 투덜대기도 하고, 때로는 일방적으로 고민을 털어놓기도 한다. 어떨 때는 고해성사하듯 긴 글로 내밀한 고백마저 겁 없이 하는 것을 보면 지금 이 시대의 작가란 경청과 위로를 해주는 '생활 종교인'으로 비춰지는 게 아닐까 싶다. 작가는 도덕 선생님이 아니니 생각이 자유롭고 유연해서 자신의 마음을 잘 이해해줄 거라고 오해해서 그러는 것 같다. 오죽하면 많은 작가들이 '다이렉트 메시지는 확인하지 않습니다'라고 프로필에 적어둘까.

작가들 중에서도 나는 상대적으로 소셜미디어를 꾸준히 해온 편인데, 대개는 카페 출근 인증과 강연 공지로 이루어지고, 이따금 내키면 그즈음에 들었던 어떤 상념들을 짧은 에세이 형식으로 적기도 한다. 소셜미디어에 쓰는 글이 본업으로 글을 쓰는 작업에 영향을 주지 않는지, 다시 말해 소셜미디어에 공들여 글을 쓰는 게 아깝지 않냐는 질문을 받는데 그 두 가지는 전혀 충돌하지 않는다. 소셜미디어에 쓰는 글은 그 순간의 충동적인 글쓰기고, 미리 써놓고 올리는 건 없다. 그것은 내 글에 대해 누가 뭐라고 하건 내 알 바 아니다, 라며 쓸 수 있는 태도를 지켜나가기 위한 글이다. 그런 것 치고는 정돈된 편인데, 그건 10년 가까이 1000~2000자짜리 칼럼을 여러 지면에 써와서 그런 것 같다. 소셜미디어 글은 즉흥적으로 쓰는 대신 내키면 다시 읽어보고 매만지기도 한다. 소셜미디어에 올리는 글이 부담이나 의무가 되면 안 하느니만 못하다고 생각한다.

가끔은 정치나 사회 현안에 대해서도 쓰고 싶으면 쓴다. 이 나라에서 자기 소신을 솔직하게 표현하는 것은 점점 어려운 일이 되어가는 것 같다. 내 발언이 얼마든지 이상하게 곡해되고 변질되어 퍼져나갈 수 있기 때문이다. 팔로워가 많은 사람들은 그런 번거로움과 불안함이 싫어 예민한 사안에 대해서는 발언을 삼가기도 하지만 때로는 '이 말을 꼭 하고 싶다'라는 마음이 치솟을 때가 있다. 쓰고자 하는 욕망이 두려움을 넘어서는 순간이다. 쓰고 싶은데 쓰지 않고 속으로 삭이는 건 글 쓰는 사람에게 더할 나위 없이 고통스러운 일. 입을 꾹 다물고 자괴감에 시달리느니, 차라리 자신에게 정직해서 미움받는 편이 낫다는 압도적인 감정에 휩싸이면 사람은 결국 글을 쓰게 되는 것 아닐까. 비판이나 비난으로 돌아와도 거기서 또 많은 것을 느끼고 얻게 되는 것이 글을 쓰는 사람들이다. 그렇게 어느 정도 '깡'을 키우는 것도 나쁘지 않은 것 같다.

그건 그렇고 요즘 내게 소셜미디어가 고역스러운 것은 팔로워 숫자를 보고 인플루언서라고 간주해서 들어오는 온갖 협찬 제안이다. 나는 소셜미디어에 포스팅을 해주고 대가를 받는 모든 협찬, 광고, 행사 초대를 일관되게 고사하고 있다. 이건 오로지 내 생각인데 다른 직업도 아닌 글로 먹고사는 작가가 돈을 받고 특정 제품이나 서비스를 좋게 이야기하는 글을 쓰는 일이 '매문'처럼 느껴진다. 원래 좋아하는 브랜드나 제품이면 상관없지 않냐고 생각할 수도 있지만, 내가 자발적으로 그에 대해 소개하고 알리고 싶을 때 쓰는 글과 대가성

광고 글은 본질부터가 다르다고 생각한다. 시사회나 전시회 오프닝 초대도 많이 받지만 혹시나 실망하더라도 뭔가 좋은 말을 남겨야 할 것 같은 부담감, 다시 말해 내가 쓰고 싶지 않은 글을 써야 하는 약간의 가능성도 거부하게 되어 관심 있을 때만 직접 티켓을 사서 보러 간다.

아무리 작더라도, 글의 진정성에 한번 스크래치가 나면 균열이 커지는 것은 시간문제라고 생각한다. 나는 미세하게 변해갈 것이고, 그 변화는 내 글을 읽어온 독자들도 알아차릴 것이 분명하다. 살면서 가장 신뢰하는 명언 한 가지를 꼽으라고 한다면, '세상에 공짜는 없다'이다. 사례를 받고 목적이 뚜렷한 글을 쓰는 데에는 대가가 따른다. 그렇다 해도 좋아하는 가구 브랜드에서 너무 예쁘다고 생각했던 가구를 협찬하겠다고 했을 때는 나도 인간적으로 흔들렸다. 유쾌한 유혹도 있었다. 한 속옷 브랜드에서 협찬 제안이 왔었다.

"아무래도 작가님이시니까 속옷 차림의 사진은 안 올려주셔도 됩니다~~. 브라랑 팬티를 그냥 작가님 침대 옆에 올려놓고 찍어주시면 돼요~."

"……."

　너무나도 해맑게 작가의 품위(?)를 지켜주기 위해 특별
대우하듯 선심 써주신 것은 지금도 감사하게 생각한다.

What I Think About When I Write

운명과 귀인

저술업에서 '신인'과 '경력'이 그다지 의미 있는 분류법은 아니다. 회사처럼 연차가 쌓이면서 직급과 연봉이 올라가는 것도 아니다. 글을 쓴 시간이 오래되었다거나 책을 많이 냈다고 그만큼 더 알려지고 더 많이 사랑받는 것도 아니다. 이 업의 진입장벽이 높은 것도 아니고 이 업을 그만두는 일은 더더욱 쉽다. 그러다 보니 지난 20년간 저술업을 하면서 주위를 둘러보면 작가의 생애주기가 실로 다양하다는 것을 알 수 있다.

- 첫 책 판매가 저조해서 바로 사라진 작가
- 첫 책이 대박 났지만 수년째 두 번째 책을 못 내는 작가
- 첫 책을 히트 치고 그다음 책부터는 인기가 없는 작가
- 고만고만하게 팔리지만 그만두기는 애매해서 어쨌든 꾸준히 책을 내는 작가
- 베스트셀러를 크게 터트리고 다른 사업으로 전향해버린 작가
- 여러 문학상을 휩쓸었지만 대중적 인지도는 약한 작가
- 묵묵히 자기 글을 오랜 기간 쓰다가 뒤늦게 크게 사랑받

게 된 작가

- 한국보다 해외에서 인지도를 얻은 작가
- 책으로 시작했지만 유튜브나 드라마 등의 영상매체로 옮겨 간 작가
- 책은 안 팔리지만 영상매체 판권은 잘 파는 작가
- 전업으로 글을 쓰다가 도저히 안 되겠다며 회사로 돌아간 작가
- SNS 팔로워는 많은데 정작 책 판매량과는 비례하지 않는 작가
- 작가들 사이에서만 인정받고 독자들은 모르는 작가
- 평생 단 한 권으로 먹고사는 작가

정형화된 경력이 없고 상황은 늘 유동적이다. 언제 어떻게 될지 아무도 모른다. 대형 서점 신간 소설 매대를 보고 있노라면 마음이 복잡해진다. 책들의 띠지에는 각각 '가장 촉망받는 신예' '한국문학의 미래를 이끌……' 등 작가들에 대한 현란한 홍보 문구가 적혀 있다. 그러나 한국문학의 미래이던 그 수많은 작가들은 지금 어디서 무엇을 할까? 어찌 보면 예

측 불가능성 면에서 작가는 연예인의 운명과 유사한 부분이 많다. 그래도 하나 명징하게 다른 것은 누가 불러줘서 일을 시작하기보다 혼자 언제 어디서든 일을 시작할 수 있다는 점이다. 이쯤 되면 작가는 직업이라기보다 어떤 '상태'가 아닌가 싶다.

위의 작가 유형 구분(물론 저건 일각에 불과하다)에서는 '책이 팔리는 정도'가 기준점이 되는데, 역시 일기나 개인 소장용 글이 아닐 바에야 판매를 의식하지 않을 수 없다. 책을 많이 파는 것은 중요할까? 당연히 안 팔리는 것보단 많이 파는 것이 낫다. 여러모로 서러운 꼴을 보지 않으려면 어떻게든 팔려야 한다. 우선 출판사가 좋아한다. "출판사는 자기 뜻대로 안 되는 작가를 성질 더럽다고 하고, 못 파는 작가에게는 관심이 없고, 잘 팔지만 자기네랑은 책 안 내는 작가는 욕하고, 잘 팔고 자기네랑 책 낼 작가만 좋아하죠." 오죽하면 다른 작가한테서 이런 말도 들었을까.

하지만 솔직히 작가에게는 수적으로 많은 사람에게 읽히

는 것보다 독자들이 얼마나 깊이, 절실하게 읽어주었는지가 훨씬 더 중요하고 행복한 일이다. 그래야 작가의 이름을 기억해주고, 작가의 다음 책을 읽을 테니까. 한번 크게 인기를 누리고 사라지는 베스트셀러보다 은근하게 오래가는 스테디셀러가 낫고(하지만 은근한 스테디셀러는 대체로 언젠가 한번은 베스트셀러였다), 한 권의 책을 유행처럼 많이 팔기보다 당장은 조금 덜 팔리더라도 여러 권을 고루 읽어주며 애정을 가지고 다음 책을 기다려줄 독자가 점차 늘어나는 것이 낫다. 그렇게 되면 점차 책 표지에서 작가의 이름 사이즈가 커지는 것이 보일 것이다. 어떤 한 책이 사랑받는 것은 감사한 일이지만, 작가 자체가 사랑받고 있다는 실감은 작가에게 보다 자유롭게 글을 쓸 수 있게 지원한다. 또한 책이 많이 팔린다는 것은 돈을 더 벌고 유명해진다는 의미인데, 이는 저술업을 하지 않아도 가능한 일이다. 애초에 돈을 벌고 유명해지기 위해 글을 쓰려던 것은 아니지 않은가?

더불어 울퉁불퉁한 작가의 생애주기는 재능과 노력만큼이나 '운'이 미치는 영향도 무시할 수 없다. 제아무리 '운칠기

삼'이라는 말이 있어도 사람들은 대개 '운'에 대해서는 함구한다. 운을 거론하는 것은 자칫 꿈을 이루고자 애쓰는 사람들의 의욕을 떨어뜨리기 때문이다. 하지만 나는 작가업을 시작하고 지속하는 일에는 우연한 '운'이 좌우하는 비중이 '재능'이나 '노력'과 거의 같다고 생각한다. 다만 '운'은 재능과 노력이 충분히 입증되고 난 이후에 겨우 생길까 말까 한 일. 재능과 노력이 전제되어 있지 않다면 행운이 와도 그걸 잡을 힘이 없거나, 그것이 행운의 기회인지도 알아차리지 못한다. 재능과 노력이 서로를 최대치로 상승시키며 교집합을 이루어 앞으로 나아가고 있을 때 가장 강력한 기운이 돌기 시작하며 '귀인'들이 나타난다.

당시에는 몰랐지만 저술업을 오래 하다 보니 '아, 그때 그분이 내 귀인이었구나' 싶은 깨달음이 온다. 매체에 한 번도 글을 써본 적이 없던 내게 고정 연재 지면을 허락해준 분, 내가 책을 쓸 때 '안전한' 선택 대신 '모험'을 할 수 있게 해준 분, 누군가가 글 쓸 사람을 소개해달라고 했을 때 나를 추천해준 분…… 그렇게 기회가 주어지면 나는 그 일을 받아 묵묵히 최선을 다했다. 그저 당연한 자세로서. 돌이켜보면 작가 커리어의 결정적인 순간에 귀인이 되어준 분들은 내가 평소 사적으로 친하게 지내거나 안부를 챙겼던 사람들도 아니었다. 사심과 이해관계가 없었기 때문에 도리어 꼬리표 없는 인정이 있어서 응원과 지지가 자연스러웠는지도 모르겠다. 그들은 내게 도움을 주었다고 생색을 내지도 않았고 나도 받은 것에 부담이나 비굴함을 느끼지 않았다. 그것은 기분 좋고 자연스러운 협업에 가까웠다.

'아, 그 사람이 나의 귀인이었구나'라는 깨달음은 꼭 뒤늦게 불현듯 찾아오는데, 뒤늦게 깨닫기 때문에 더 귀하다. 나는 순수한 감사의 마음으로 차곡차곡 그들의 이름을 가슴 한편에 저장해두며 살아간다. 나 또한 누군가에게 의식하지 못한 채로 귀인이 되어줄 수 있으면 좋겠다. 그들의 깨달음이 마찬가지로 한참 뒤에 찾아오기를 바라면서. 가끔은 나를 심적으로 괴롭게 했던 사람이 결과적으로 귀인이 되기도 한다. 저 사람에게 지고 싶지 않아서, 저 사람이 너무 미워서, 무시하는 이에게 보란 듯이 외쳐주고 싶어서 덕분에 내가 뭔가를 해낼 때도 있다. 부정적인 에너지도 에너지다. 시간이 흐르면 미움이나 원망도 옅어지기 때문에 나를 휘몰아치게 한 결과만이 덩그러니 남는다. 마음에 저장해두고 감사의 마음을 되새기진 않지만 그들 역시도 엄연한 귀인이라고 생각한다. 초연한 마음으로 그들을 떠올릴 수 있어서 감사하다.

* * *

내게는 결코 잊지 못할 귀인이 한 사람 있다.

이 사람만큼은 사적으로 가까운 사람이었다. 직장을 다니던 2002년도에 나는 첫 책을 냈다. 여성의 연애와 사랑, 성에 대해 나의 생각과 경험을 꽤나 솔직하고 적나라하게 쓴 책으로 지금 돌이켜보면 무슨 정신으로 저렇게 썼나 아찔하다. 한마디로 조신함과는 거리가 먼 책이었다.

그러다 보니 엄마에게 첫 책을 드리면서도 조금 난감했다. 엄마는 소위 '이대 나온 여자'에 외교관 부인 생활을 오래 했고 자식인 내가 봐도 품위 있고 이지적인 여자였다. 그 당시의 명문 여대 출신들이 대체로 그러하듯이 엄마의 친구들은 죄다 사모님들이었다. 엄마가 이 책을 읽고 무슨 생각을 할지 걱정되었다. 나를 부끄럽게 여기지 않을까, 주변 사람들이 뭐라고 할까 신경 쓰지 않을까, 더 나아가 왜 이런 책을 썼냐고 특유의 저음으로 '점잖게' 나무랄 수도 있겠다. 심지어 내용의 발칙함에 충격받아 뒷목 잡고 쓰러지기라도 하면…… 딸로서는 당연한 우려였다. 내가 썼지만 당사자인 나도 조금 계면쩍을 정도였으니까.

책을 드리고 그다음에 뵈러 갔을 때 엄마는 안방 침대에 쿠션 등받이를 기대고 앉아 누군가와 전화 통화 중이었다. 바짝 마른 몸에 민머리이던 그는 너무 큰 파자마를 입은 채 당신의 친구에게 내 책을 자랑하고 있었다. 엄마는 대장암 3기로 투병 중이었다. 근래 본 중 가장 환한 표정으로 전화 통화를 끊고는 책을 너무 재미있게 읽었다고 내게 말해주었다. 잔뜩 긴장하며 안방 문을 연 게 무색할 정도였다. 그날 엄마는 암 투병을 시작한 이후로 가장 생기가 넘치는 모습이었다.

그 책은 결과적으로 엄마가 읽은 나의 처음이자 마지막 책이 되었다.

나는 한 가지는 확신할 수 있다. 그때 엄마가 내 첫 책을 조금이라도 창피하게 여겼다면 아마도 그 후 나는 더 이상 아무 책도 쓰지 않았을 것이다. 스스로의 글에 대해 뭐가 뭔지 모르겠던 시절에 100퍼센트의 확신으로 엄마는 내 글을 긍정해주었다. 정말이지 나마저도 부끄러워하던 첫 책을 그 잘난 사모님 친구들에게 전화를 돌려가며 신나게 자랑하던 엄마의 모습을 나는 잊을 수가 없다. 엄마는 그때 기어코 나를 글 쓰는 사람으로 만들고 떠나셨던 것 같다.

독자는 가고 온다

글을 쓰는 사람들은 필연적으로 혼자 작업하는 사람들이다. 자기 안의 세계에서 사는 것처럼 보이지만 이 업의 독특함은 '독자'라는 동전의 반대편이 엄연히 존재한다는 점이다. 가장 내밀한 글을 이 세상 끝에 있는 외딴섬에서 썼다고 해도 그것은 세상 사람들에게 읽힐 운명에 처해 있다. 그게 아니라면 그 글은 매우 잘 쓴 일기에 불과할 것이다.

참으로 다양한 독자들을 강연이나 북토크에서 만나기도 하고, 편지나 메시지를 받기도 했다. 대부분의 인간관계가 그렇듯이 독자들은 왔다가 간다. 그래서 사라진다 해도 마음에 담지 않는다. 나도 독자의 한 사람으로 다른 작가에게 열광한 적이 있는데, 시간이 흐르거나 작가와의 거리가 너무 가깝게 느껴지면 오히려 감정이 무심히 식어버리기도 했다. 독자 입장에서는 저자의 가장 깊은 속마음에 가닿기 때문에 '작가에 대해 잘 아는 듯한' 느낌을 받고, 특히 '아, 내 얘기 같다'라고 공감할 때는 더더욱 작가를 가깝게 느낀다. 나는 소셜미디어에서 쉽게 보이는 사람이기 때문에 호감을 표현하기도 쉽다. 때로는 자신의 팬심을 알리려고 너무 애쓰는 독자도 있는데, 그게 과하다고 느끼면 내가 우리 두 사람을 위해 먼저 조용히 거리를 둔다. 독자가 작가를 좋아하는 만큼 작가는 필연적으로 독자에게 그만한 호감을 되돌려주지 못하기 때문이기도 하고, 지나치거나 반복되는 상찬은 자칫 작가에게 독이 되기 때문이다. 한 작가에게 과하게 열중하기보다 여러 작가들의 작품을 두루 찾아 읽는 것이 훨씬 건전하다.

북토크 질의응답 시간에 이런 질문을 받았다. "저는 제 글이 '감각적'이라 생각했는데, 제 글을 읽은 사람들은 '순수하다' '다정하다'고 평해요. 이런데도 계속 써야 할까요?" 그분은 자신의 글이 의도하지 않은 방향으로 평가받는 것에 대해 당혹감과 낭패감을 호소했다. 돌이켜보면 나는 전업 작가로 산 기간 중 최소 절반을 그렇게 보냈던 것 같다. 후반부에 이르러서야 겨우 내가 이해받고 싶은 방식으로 이해받을 수 있었다. 그렇게 이해받고 나서야 독자들이 왜 나를 한때 오해하거나 내가 바라는 방식으로 평가해주지 못했는지를 알았다. 내 글에는 분명 그렇게 생각하게 만든 부분들이 존재했던 것이다. 질문을 한 분도 사람들이 자신의 글을 '매운맛'이 아닌

'순한맛'으로 봐주는 것이 마음에 들지 않아도 자기 글에 분명 그런 부분이 있다는 사실을 받아들여야 하며 당분간은 오해받거나 제대로 이해받지 못한다고 해도 계속 자신이 생각하는 '감각적인' 글을 쓰다 보면 어느덧 자신이 바라는 방식으로 평가해주는 독자를 만나게 될 거라고 생각한다. 이는 사실상 모든 창작자들이 통과의례처럼 거치는 과정이자 시험대다.

나를 제대로 이해해주는 독자들의 비중이 늘어나는 동안 나를 제대로 알지 못하고 넘겨짚는 독자들은 늘 공존하기 마련이고, 그것은 그들의 잘못이 아니다. 그도 그런 것이 독자들은 정해진 순서나 패턴대로 글을 흡수하지 않는다. 특히나 나는 소설과 에세이의 톤이 확연히 다르고 에세이들도 분위기가 다른 경우가 꽤 있다. 에세이 《태도에 관하여》부터 읽기 시작한 독자가 가장 많겠지만, 소설부터 읽기 시작한 독자, 여행 에세이부터 읽기 시작한 독자 등 예상 밖의 조합과 순서로 읽은 독자들은 아무래도 나에 대한 인상 자체가 다르게 박히게 된다. 개별 책에 대한 감상도 다르다. 단편소설집 《호텔 이야기》는 참신하고 좋았는데, 장편소설 《다 하지 못한 말》의 상투성에는 실망했다는 독자가 있는가 하면, 《다 하지 못한 말》이 너무 좋아서 전작인 《호텔 이야기》를 거슬러 올라가 읽었는데 심심해서 실망했다는 독자도 있었다.

독자들은 제각각의 이유로 작가를 좋아하거나 싫어한다. 똑 부러지고 시원시원해서 좋다는 사람이 있는가 하면 섬세하고 감성적이어서 좋다는 독자도 있다. 똑 부러지고 시원시원해서 좋다고 한 글을 어떤 독자들은 잘난 척하는 훈시 조라 싫다고 한다. 섬세하고 감성적이라 좋다고 한 글을 보고 어떤 독자들은 오글거리는 소녀 감성이라 평한다. 모두 내가 들었던 이야기들이다. 하나의 특성을 두고 누구는 좋아하고 누구는 싫어한다. 이것이 바로 이토록 다채로운 개성의 작가들이 공존하며 저마다의 독자들을 가질 수 있는 이유다. 글은 자신을 비추는 거울이 되기도 해서 읽는 사람의 성향이나 상황에 따라 다르게 전달되는 측면도 있다. 그러니 어떤 독자로부터 비판적인 이야기를 들었다고 해서 그 말에 필요 이상으로 연연할 필요가 없다. '그런 관점도 있구나'라고 참고하면 그만이다.

한편 수많은 저자들이 간과하고 있는 것은 '새 독자'들의 존재다. 책을 여러 권 써나가다 보면 독자들의 수가 물리적으로 늘어나겠지만, 출판 시장의 심화되는 불경기로 개별 책에 대한 판매가 갈수록 줄면 내 책을 읽는 독자들이 점차 사라지는 것 같아 두려워진다. 내가 발전이 없고 신선함이 사라졌는지……. 그러나 그 책을 사지 않았다고 해서 독자가 그대로 바로 빠져나간 것도 아니다. 그들은 사라져 있다가 다음 책의 소재가 마음에 들면 다시 독자로 돌아온다.

"어떤 계기로 작가가 되셨어요?"

독자들과의 만남에서 이 너무나도 기본적인, 그리고 내가 이미 너무나 많이 대답한 질문을 새삼스럽게 다시 받을 때마다 정신이 번쩍 든다. 이런저런 책이나 인터뷰, 강연에서 남들과는 조금 다른 경로로 글을 쓰게 된 이야기를 그렇게 숱하게 했건만…… 나는 잊고 있었다. 방치하고 지내던 식물에서 새순이 돋아나듯 새로운 독자들을 나도 모르게 맞이하고 있다는 사실을.

What I Think About When I Write

어떻게 나아갈 수 있을까

하필 나는 20살 때 받은 첫 갑상샘암 수술이 잘못되어, 그 이후 재발이 거듭되었다. 총 여섯 번의 수술과 그 후에 이어진 일련의 치료들은 결과적으로 인생의 많은 것들을 바꾸어놓았다.

첫 번째와 두 번째 수술을 거치면서 몸이 약해질 대로 약해져 대학원 유학 생활을 중단했다. 취업은 한 번도 고려해보지 않고 학자가 될 거라고 당연하게 생각했는데, 계획이 완전히 틀어졌다. 반년 동안의 요양 생활을 거쳐 직장인이 되었다. 결혼하고 석 달도 채 되지 않았을 무렵, 세 번째 수술을 받았다. 방사성동위원소 치료로 임신은 뒤로 미뤘다. 회복된 후 다시 회사에 들어갔다. 3년이 순식간에 지나갔고 어느 날, 또 재발 수술을 받았다. 전이가 많아 수술하는 데 애를 먹었다. 당시 나는 대기업 마케팅팀의 12년 차 직장인이었다. 체력도 이미 쇠할 대로 쇠해서 복귀하기는 어려워 보였다. 사표를 썼다.

자기 몸도 제대로 못 가누는 서른 중반. 하등 쓸모없는 인간이 된 것 같아 비참했다. 어떻게든 다시 일을 하고 싶었다. 제한된 체력으로, 말을 많이 하지 않고, 일하는 시간을 조절하려니 할 수 있는 것은 글쓰기밖에 없었다. 회사에 다니면서 신문과 잡지에 칼럼을 연재하고 있었지만, 어디까지나 취미의 영역이었다. 하지만 이제는 다른 선택의 여지가 없었다. 그 간헐적 취미를 차선의 직업으로 만들어보려고 애썼다. 설마 지금까지 꾸준히 쓰게 될 줄은 상상도 못 했다.

작가들의 인터뷰를 읽다 보면 글을 쓰게 된 계기에 대해 곧잘 이야기한다. 모든 계기들이 흥미진진했고, 한 편의 소설 같았다. 정유정 작가의 경우, 간호사 경력과는 무관하게 아주 어렸을 때부터 글을 써왔고 '언젠가는 반드시 소설을 쓰겠어'라는 비장함을 계속 마음에 품었단다. 학창 시절부터 장차 소설을 쓰리라는 명징한 운명의 부름이 있었다는 작가는 부지기수다. 하지만 내가 글을 쓰게 된 계기에는 다른 작가들의 인터뷰에서 흔히 볼 수 있는 작가 지망생의 꿈도, 숱하게 시도했던 등단을 위한 습작도, 어느 날 불현듯 다가온 섬광 같은 계시도 없다. 글쓰기는 그저 몸이 아파 평범한 직

장인으로 일하는 걸 포기한 인간이 잡았던 유일한 지푸라기
였다.

"그래도 회사원보다는 작가가 더 폼 나잖아. 너한테도 더
어울려."

한 선배는 이렇게 말해주었다. 뜻밖의 직업을 경험하게
해준 이 지병에 감사해야 하는 걸까?

"멀리 돌아갔을지언정 네 성격으로 봐서는 언젠가 결국
글 쓰는 일을 했을 거야."

고등학교 동창 친구는 과거의 내 모습을 되새기며 말했
다. 과연 글을 쓰는 일이 회사에 다니는 일보다 내 적성에 더
잘 맞았을까?

"아냐, 언니는 직장 생활을 계속했어도 잘했을 거야. 그냥
주어진 일을 성실하게 하는 사람이라서 작가도 오래 할 수

있었던 거지."

나를 오래 봐온 프리랜서 편집자도 제법 수긍할 만한 의견을 내놓는다. 뭐가 뭔지 나는 여전히 모르겠다.

한 가지 확실했던 것은 다른 작가들이 오래도록 품었던 글쓰기에 대한 강한 열정을 보면 분명 질투가 났다는 거다. 간절한 열망이나 소명 의식 하나 없이 건강하지 못한 몸이 불러온 밥벌이를 위한 차선책 혹은 궁여지책으로 시작한 글쓰기라는 점에서 나는 자격 미달이 아닐까. 글을 쓰는 근본적인 동기가 불순하고 취약한 건 아닐까. 궁극의 꿈도 아닌 현실적인 차선책으로 마련한 길을 과연 얼마나 오래 끌고 갈 수 있을까.

생각지도 못하게 운명의 장난처럼 여기까지 왔다. 정말이지, 처음엔 체력이 완전히 회복되어 다시 회사로 돌아갈 수 있을 때까지만 일시적으로 글을 쓰며 지내자고 생각했던 것이 이렇게 지금까지 이어질 줄은 몰랐다. 그사이 24권의 책을 냈다. 꾸준히 앞만 보며, 내가 쓸 수 있는 글의 영역을 조금씩 넓혀갔다. 어느덧 점점 '내가 쓰고 싶은 글'만 쓰면서 먹고살 수 있었다. 물론 노력도 많이 했지만, 그보다는 운이 좋았다고 생각한다. 다시 회사로 돌아가야 할 명분도 없어졌다. 직장 생활의 공백기도 무시할 수 없었고.

이젠 직장 생활 기간 12년을 훌쩍 뛰어넘는 세월을 작가로 살고 있다. 한동안은 글을 쓰고 살아도 직장인의 정체성이 강했다. 껍데기는 글쟁이라도 속으로는 회사원 마인드를 유지했다. 그러면서 마치 언제라도 글쓰기를 그만두면 돌아갈 곳이 있을 것 같은, 그런 착각에 의존했다. 나름대로 열심히는 해보겠지만 하다 안 되면 다시 원래 하던 사무직으로 돌아갈 수 있을 것 같은, 근거 없는 믿음이 있었다. 어딘가 계속 '임시직'의 태도를 숨겨왔다. 그렇게 재능과 노력의 아쉬움에 대해 스스로 면죄부를 주고 있었는지도 모르겠다. 이렇게 늦게 시작했는데도 지금 이 정도 성취면 나쁘지 않다며.

글을 쓰기 시작했던 무렵의 혼란과 부침을 아득하게 돌

이켜보며 '이 정도면 애썼다'고 자위하기엔 이제 너무 늦어버렸다. 도전한 것으로 칭찬받기에는 이미 너무 이쪽으로 건너와버린 것이다. 지금부터는 그저 '해냈다'가 아니라 '잘해야' 한다. 그러면서도 어떤 때는 버티는 것만으로도 힘들었다. 책을 낼 때마다 매번 이번 책이 나의 마지막 책일까 봐 두렵다. 하지만 더 이상 내게는 돌아갈 곳이 없다.

여성학 연구자 정희진 선생님이 쓴 신문 칼럼의 한 구절이 생각난다.

"삶은 할 일로 채워지는 것이지 안정과 성취는 실상 존재하지 않는 관념이다."

멈추고 안주할 수 있는 지점은 애초에 그 어디에도 없었을지 모른다. 곰곰이 다시 생각해보면 이제 와서 '글을 쓰게 된 계기' 따위는 작가의 출신 대학만큼이나 하등의 의미가 없는 것 같기도 하다. 계기가 그럴싸하지 않아도, 이쪽 일로 넘어오게 된 애초의 목적이 불순할지라도 이제는 아무래도 상관없다. 지금 나에게 중요한 것은 내 페이스를 지키면서 조금이라도 더 깊은 글을, 가급적 오래 써나가는 일뿐이다.

나는 얼마나 더 멀리 나아갈 수 있을까.
어떻게 나아갈 수 있을까.

이제는 더 이상 재능에 대해서 생각하지 않는다. 재능의 확신이란 얼마나 덧없는 것인가. 타인의 인정이 주는 달콤함과 비교나 인정 욕구에 휘둘리는 것도 고단하게만 여겨진다. 저술업의 세계에 있기 마련인 경쟁과 질시, 상대적인 초라함과 자괴감, 책을 둘러싼 '산업'의 민낯이 가끔은 속을 시끄럽게 하지만 그럼에도 불구하고 이 일을 하는 동안 압도적으로 아름다운 순간들을 자주 마주한다. 내 것이 아니어도 귀한 재능을 알아보는 경이, 어떤 작품의 절대적인 아름다움에 느끼는 서늘한 감동, 작업하면서 느끼는 신성한 몰입 같은 것. 나는 아름다운 순간들을 더 마주하고 느끼고 싶다. 밀림 속의 짐승처럼 주변의 모든 소리와 움직임, 진짜와 가짜를 숨죽이며 가만히 지켜보고 싶다.

얼마나 더 오래 글을 쓸 수 있을지는 솔직히 모르겠다. 그리고 생각하지 않으려 한다. 나는 들뜨지 않고 주제 파악을 잘하면서, 내가 쓰고 싶은 글을 아주 조금씩 더 잘 써나가고 싶다. 나머지는 어디까지나 부차적이다.

What I Think About When I Write

글을 쓰면서 생각한 것들

ⓒ임경선, 2026

초판 1쇄 발행 | 2026년 1월 7일
초판 2쇄 발행 | 2026년 1월 12일

지은이 | 임경선
펴낸곳 | 토스트
편집 | 김정희
디자인 | 형태와내용사이
제작 | 영신사

출판등록 | 2021년 1월 7일 제2021-000002호
이메일 | slowgoodbye@naver.com

ISBN 979-11-988861-7-0 03810